연세중학교 소년 탐정단
청소년 성장소설 십대들의 힐링캠프, 논리
[십대들의 힐링캠프®] 시리즈 NO.79

지은이 | 김미선
발행인 | 김경아

2024년 9월 11일 1판 1쇄 인쇄
2024년 9월 18일 1판 1쇄 발행

이 책을 만든 사람들
책임 기획 | 김경아
기획 | 김효정

북 디자인 | KHJ북디자인
표지 삽화 | 캐롤마인드
경영 지원 | 홍종남
기획 어시스턴트 | 홍정욱, 한선민, 박승아
제목 | 구산책이름연구소
책임 교정 | 김윤지
교정 | 주경숙, 이홍림

종이 및 인쇄 제작 파트너
JPC 정동수 대표, 천일문화사 유재상 실장

청소년 기획위원
정가인, 양태훈, 양재욱

펴낸곳 | 행복한나무
출판등록 | 2007년 3월 7일. 제 2007-5호
주소 | 경기도 남양주시 도농로 34, 301동 301호(다산동, 플루리움)
전화 | 02) 322-3856 팩스 | 02) 322-3857
홈페이지 | www.ihappytree.com | bit.ly/happytree2007
도서 문의(출판사 e-mail) | e21chope@daum.net
내용 문의(지은이 e-mail) | refetee@naver.com
※ 이 책을 읽다가 궁금한 점이 있을 때는 지은이 e-mail을 이용해 주세요.

ⓒ 김미선, 2024
ISBN 979-11-94010-05-0 (43810)
"행복한나무" 도서번호 : 184

※ [십대들의 힐링캠프®] 시리즈는 "행복한나무" 출판사의 청소년 브랜드입니다.
※ 이 책은 신저작권법에 의거해 한국 내에서 보호를 받는 저작물이므로 무단 전재 및 복제를 금합니다.

차례

|프롤로그| 시골 학교 탐정부라니! ● 008

1부
연세중학교 탐정부가 된 서강산

》 프로파일러 페이지 ● 020

1. 꿈과 희망을 키우는 연세중학교 ● 021

2. 누가 사물함을 열었나? ● 035

2부
모퉁이 귀신과 시험지 유출 사건

》 프로파일러 페이지 — 062
1. 참을 수 없는 시험지의 유혹 — 063
2. 시험지 도둑은 어디로 사라졌나? — 080
3. 모퉁이 귀신과 시험지 사건의 전말 — 099

3부
소년 탐정단과 밀실 사건

》 프로파일러 페이지 — 116
1. 윤서는 어떻게 밀실에 갇혔나? — 117
2. 탐정부 VS 초미녀부 — 142
3. 학교 밀실 사건의 전말 — 177

|에필로그| 연세중학교 소년 탐정단 '셜록' — 191

등장인물

서강산 연세중학교 탐정부. 몸이 약하고 내성적이지만 뛰어난 관찰력과 추리력을 지녔다. 탐정부 활동을 하면서 프로파일러라는 꿈이 생겼다.

한희현 연세중학교 탐정부를 만든 친구다. 이름을 발음하기가 어려워 친구들은 쉽게 '하니'라고 부른다. 추리를 좋아하지만 사건을 해결할 때는 머리보다 몸이 먼저 나간다.

한면우 희현의 여동생. 방송부로 활동하며 어른스럽게 행동하려고 하지만 예상과는 항상 어긋난다.

박현석 탐정부 마당발. 인간관계가 넓어 주로 자료 수집과 탐문을 맡고 있다.

유진서 탐정부에서 유일한 1학년이다. 추리 소설 마니아로 웬만한 추리 소설은 모두 섭렵했다. 한 살 누나인 유윤서와 비슷하게 생겼다는 말을 끔찍하게 싫어한다.

유윤서 진서의 누나로 2학년이다. 학생회 부회장을 맡고 있다. 외국에서 온 어머니를 닮아 외모가 이국적이며 피부가 어둡다.

초미녀부 2학년 최서은, 김지석과 1학년 한 명으로 구성된 비공식 동아리다. 학교 회지에 가장 많은 기사를 투고하여 신문부에서는 환영을 받으나, 자꾸 한밤중에 학교를 침입하려고 해서 선생님들한테는 골칫거리다.

| 프롤로그 |

시골 학교 탐정부라니!

　망했다. 이런 곳에서 살아야 하다니. 강산이는 창밖 풍경을 보며 한숨을 내쉬었다. 분명 차는 앞으로 가는데 창밖 풍경은 그대로다. 논, 논, 밭, 작은 집, 또 논…….
　시골에 있는 외갓집은 평소에도 거의 온 적이 없었다. 가게는 거의 허물어져 가는 슈퍼 하나밖에 없고, 그 슈퍼마저도 걸어서 20분은 가야 나왔다. 당연히 치킨이나 햄버거는 꿈도 꿀 수 없었다. 가끔 오더라도 강산이는 방 한구석에서 핸드폰이나 하다가 부모님을 졸라 금방 서울로 돌아오고는 했다.
　그런데 그 외갓집에 이제는 계속 살게 생겼다. 다 의사 선생님 때문이다. 강산이는 괜히 서울 쪽을 향해 눈을 부라렸다. 그런다고

의사 선생님이 그것을 볼 수 있을 리도 없는데.

강산이는 다른 아이들이 초등학교에 다닐 동안 쭉 병원에서 살았다. 백혈병이었다. 하지만 그 병은 이미 완치된 지 오래고, 정기적으로 병원 진료만 받고 있다.

문제는 학교였다. 강산이는 학교를 제대로 다녀본 경험이 없어 좀처럼 중학교에 적응하지 못했다. 정기 검진을 받는 날, 엄마는 이 사실을 의사 선생님께 털어놓았고, 의사 선생님은 별 대수롭지 않게 '환경을 바꾸어 보면 어떨까요?'라고 말씀하셨다. 의사 선생님이 하신 말씀을 종교처럼 믿는 엄마는 강산이를 바로 시골로 보낼 준비를 했다. 얼마나 서둘렀는지 강산이를 시골로 쫓아내는 데

채 일주일이 걸리지 않았다.

차에서 내리자마자 엄마, 아빠는 강산이의 짐을 옮기느라 바빴다. 부모님은 챙겨 온 짐을 이리저리 정리하더니 끝나자마자 바삐 차에 올라 사라져 버렸다. 심지어 인사도 하지 않고 말이다. 강산이가 차 뒷좌석에서 내리지 않고 버티거나 차 앞에서 뒹굴며 떼를 쓸까 봐 걱정했나 보다. 강산이는 콧방귀를 뀌었다. 그렇게 한다고 뭐가 달라지겠는가. 강산이가 이미 짠 계획은 엄마가 예상한 것과는 다르게 구체적이고 현실적이었다.

우선 며칠간 얌전히 학교에 다니는 척을 할 것이다. 그러다 엄마가 어느 정도 마음을 놓았을 때, 며칠 간격으로 계속 아프다고 꾀병을 부린다. 여기에서 병원까지는 엄청나게 멀기 때문에 몇 번 꾀병을 부리면 병원에 다니기 불편해서라도 다시 서울로 데려갈 것이다. 계획대로 된다면 여기 사는 기간은 길어도 3개월을 넘지 않을 것이다.

강산이 속마음을 모르는 할아버지는 잔뜩 들떠 계셨다.

"쩌, 파란 지붕 집 보여? 거기 남매들이 참 착혀."

그 아이들이다. 강산이가 여기로 오게 된 이유 중 하나다. 싹싹하고 착한 아이들이란다. 처음에는 엄마도 좀 고민하셨다. 강산이를 어디로 보내야 할지를 말이다. 후보는 경기도 외곽 도시에 사시

는 친할아버지 댁과 깡시골에 사시는 외할아버지 댁 두 곳이었다. 그중 외갓집으로 선택된 것은 할아버지 집 주위에 살고 있다는 착한 남매 때문이었다.

할아버지는 그 아이들에게 인사하러 가지 않겠냐고 하셨지만 강산이는 괜히 부루퉁해서는 피곤하다는 핑계를 대고 방 안으로 들어가 버렸다.

"할아버지이이~"

애교가 잔뜩 섞인 여자아이 목소리가 들렸다. 좀 더 낮은 목소리가 뒤따랐다.

"안녕하세요오~"

남자아이 목소리가 끝나기 무섭게 여자아이가 할아버지한테 조잘댔다.

"왔죠? 지금 인사해도 돼요?"

강산이가 인사하러 가지 않으니 상대가 쳐들어왔다. 강산이는 재빨리 바닥에 깔린 이불 속으로 들어가 머리끝까지 뒤집어썼다.

"잠시 기둘려 봐라잉~"

문이 살짝 열렸다가 닫히는 소리가 났다.

"아이고, 벌써 자는가 보네. 인사는 내일 해야겠다."

할아버지의 아쉬운 소리에도 아랑곳없이 여자아이는 신이 나 있었다.

"그럼 내일부터 학교 가는 거예요? 내일 데리러 와도 돼요?"

'제발, 할아버지 제발 안 된다고 해 줘요.'

강산이 마음도 모르고 할아버지는 사람 좋게 웃으며 대답하셨다.

"그래, 그래라."

이불 속에서 강산이는 한숨만 내쉬었다.

강산이는 꼭두새벽부터 깨어 있었다. 강산이가 다닐 학교 이름은 '연세중학교'란다. 이 학교 아이들은 모두 연세대를 가나? 암튼 시골에 있는 학교가 연세중학교라니 웃긴다. 강산이는 헛웃음을 내뱉다가 멈추었다.

조금 있으면 그 '싹싹하고 착한 남매'가 강산이를 데리러 올 것이다. 그리고 그 남매와 같이 버스를 타고 30분이나 가야 한다. 말실수를 하지 않을까? 자세나 걸음걸이가 이상하다고 하지 않을까? 강산이 머릿속은 아직 일어나지 않은 불행한 일들로 가득 찼다.

"할아버지 저희 왔어요."

"강산아~ 같이 학교 가자."

얼굴 한 번 본 적 없는 남자아이가 몇 년 된 절친을 부르는 것처

럼 대문 앞에서 소리를 질렀다. 할아버지가 대문을 열자 남매는 할아버지 뒤에 숨듯이 서 있는 강산이를 향해 눈을 반짝이며 손을 흔들었다.

"안녕. 나는 한희현이고, 얘는 한연우야. 난 너랑 똑같이 2학년, 연우는 1학년. 넌 강산이 맞지?"

"아, 안녕."

희현이의 활기찬 인사 뒤로 강산이의 볼품없는 인사가 이어졌다. 겨우 인사만 건네는데도 목소리가 떨리고 힘이 없었다. 그러거나 말거나 강산이 양옆을 차지하고는 버스 정류장 쪽으로 이끌었다.

"난 그냥 하니라고 불러. 희현이라고 부르면 저기 과수원 희연이 이모랑 헷갈리거든. 학교에서도 다 하니라고 부르고."

"하니?"

"응. 한희현에서 앞에 두 글자만 따서 하니야."

강산이는 대답 없이 고개만 끄덕였다. 그것만으로 충분했는지 남매는 즐겁게 대화를 이어 나갔다.

"그리고 제일 중요한 이야기를 해야지."

"으엑."

하니가 이야기를 꺼내기도 전에 무슨 말을 할지 아는지 연우가 괴상한 표정을 지어 보였다. 하니는 과하게 다정한 목소리를 꾸며

내며 강산이에게 얼굴을 디밀었다.

"강산아, 동아리 어디 갈지 생각해 둔 거 있니?"

아직 학교 운동장도 밟아 보지 않았는데 들어가고 싶은 동아리가 있을 리 없다. 애초에 어떤 동아리가 있는지도 모른다. 아무 대답도 하지 못하는 강산이 대신 연우가 대답했다.

"난 방송부 들어갈 거야. 방송부가 되면 점심에 방송해야 하니까 밥도 제일 먼저 먹을 수 있고, 내가 좋아하는 RTX 노래도 맨날 틀 수 있잖아."

연우는 좋아하는 아이돌 노래 제목을 잔뜩 늘어놓았다. 하니가 핀잔을 주며 연우가 하는 말을 중간에 끊었다.

"너한테 물어본 거 아니거든."

"오빠는 그 이상한 동아리에 부르려고 하는 거잖아."

"이상하다니! 아주 멀쩡한 동아리라고."

남매는 강산이를 가운데 두고 티격태격했다. 하니가 다시 부드러운 표정으로 제안했다.

"가고 싶은 동아리가 없으면 우리 동아리에 들어와. 진짜 재미있는 동아리거든."

"아냐. 들어가지 마. 인기 없는 데라 일꾼 끌어들이려는 거야."

"야! 너, 조용히 해!"

"무슨 동아리인데?"

관심을 둔 것이 기뻤던지 하니의 눈이 빛났다.

"탐정부야."

"탐정? 그 코난이나 김전일 같은 거?"

"맞아. 멋지지?"

신나서 말하는 하니 목소리 사이로 퉁명스럽게 말하는 연우 목소리가 섞였다.

"속지 마. 그냥 원예부야. 겸사겸사 잔심부름도 하는……."

"아냐. 진짜 추리도 한다고. 저번에 아랫마을 아저씨네에서 탈출한 송아지도 우리 탐정부에서 찾았다고."

"추리는 무슨. 그거 그냥 하루 종일 산 뒤져서 찾았잖아."

"너는 잘 모르겠지만, 엄청난 추리 과정을 거친 거라고. 이 머리를 쓴 거지."

하니가 머리를 툭 치며 말하자 연우가 코웃음을 쳤다.

"머리가 아니라 몸을 썼겠지."

"입 다물어."

하니는 연우를 향해 윽박지르더니 강산이에게는 표정을 바꾸어 말했다. 연우를 볼 때 표정과 강산이에게 말을 걸 때 표정이 신기할 정도로 달랐다.

"겉으로는 원예부야. 생활기록부에도 그렇게 들어가고. 그런데 실제로는 탐정부인 셈이지."

'원예'와 '탐정'이라는 전혀 어울리지 않는 단어가 섞여 있었다. 말만 들어서는 무슨 동아리인지 전혀 알 수 없었다.

"난 추천하지 않아. 솔직히 지금 원예부는 쌤들한테 완전 찍힌 상태라며. 거기에 강산이를 데려가고 싶어?"

"찍혀?"

"너 입 안 다물어?"

하니가 연우를 잡으려고 했지만, 연우는 미꾸라지처럼 빠져나갔다. 정신없이 움직이는 와중에도 연우는 말을 끊지 않고 계속했다.

"얼마 전 교무실에 몰래 들어가 반편성 종이를 훔쳐보다가 걸려서…… 아얏!"

하니는 기어코 연우를 잡아 꿀밤을 먹였다. 그러고는 강산이에게 변명을 늘어놓았다.

"그건 진짜 오해야. 깐깐징쌤이 불렀다고 해서 교무실에 갔는데, 쌤은 없고 책상에 반편성 종이가 엄청 잘 보이게 놓여 있었거든! 그래서 기다리면서 좀 보고 있었을 뿐인데 쌤이 와서는 왜 보고 있냐고 화를 내시잖아. 그래서 선생님이 부르셔서 왔다고 말씀드렸는데……."

하니는 말을 할수록 점점 울상이 되었다.

"그런데 날 부른 적도 없고, 그 종이는 책상 서랍에 넣어 두었다고 거짓말하지 말라면서 혼만 더 났어. 이미 종업식도 끝나고 누가 어느 반인지 다 알고 있는데 그것 좀 보았다고 그렇게 혼날 일이냐고?"

"선생님 책상 위에 있다고 함부로 봐도 된다고 생각했냐? 예의 없는 행동이니까 혼났겠지. 오빠는 거기에서 그냥 입을 다물었으면 될 걸, 그 뒤에 '연세중학교 탐정부로서 양심에 어긋나는 일은 하지 않았습니다!'고 외쳐 탐정부에서 뭘 찾으려고 교무실을 뒤졌느냐고 추궁을 당했잖아. 그래서 지금 탐정부는 진짜 아니야. 전학 오자마자 찍힐 수 있다고."

서울로 다시 올라가는 것이 목표인 강산이에게 시골 학교 탐정부라니! 정말 웃기는 일이다. 강산이가 흥미를 잃은 것을 알았는지 하니 얼굴이 눈에 띄게 시무룩해졌다.

1부

연세중학교 탐정부가 된 서강산

| 프로파일러 페이지 |

≫ 나도 이제 프로파일러!

새로운 학교에서 강산이는 이상한 사건을 겪게 됩니다.

저절로 더러워진 교과서,

갑자기 사라진 체육복,

동아리에서 키우던 새싹이 사라진 사건까지.

여러분은 이 일들을 누가, 왜 했는지 알아낼 수 있을까요?

≫ 논리를 키우는 추리

| 단서 1 | 등장인물 이름 떠올려 보기

| 단서 2 | 대화가 잘 이어지지 않는 부분을 찾아 왜 그런지 생각해 보기

| 단서 3 | 사물함 특징 생각해 보기

1
꿈과 희망을 키우는 연세중학교

학교 앞 버스 정류장에 세 사람을 내려 두고 낡은 버스는 덜컹대며 떠났다.

> 꿈과 희망을 키우는 요람, 연세중학교

버스만큼 낡은 학교 건물 정면에는 큼지막한 글씨가 학교보다 더 크게 걸려 있었다. 가만히 보니 낡았어도 왠지 아늑했다.

학교 뒤쪽으로는 산이 있고, 학교 교문 바로 앞에는 꽤 큰 국숫집이 자리하고 있었다. 아침이라 차는 없었지만, 주차장이 넓어서 꽤 유명한 집인 듯하다.

남매는 양쪽에서 종알종알 설명했다.

"저쪽에 간판 없는 가게는 문구점인데 웬만한 물건은 다 팔아. 학용품이나 문제집 같은 게 필요하면 저길 가면 돼."

"그리고 여기에서는 안 보이지만 저 뒤쪽으로 진짜 맛있는 분식집 있어. 순대꼬치가 완전 맛있어."

"그 집은 닭강정이 최고지! 뭘 모르는구먼?"

남매는 닭강정과 순대꼬치 중 뭐가 더 맛있는지 한참을 떠들었다. 누가 보면 세상의 진리라도 탐구하는 줄 알겠다. 남매가 벌인 토론은 학교 건물 앞에 다다라서야 멈추었다.

"안녕. 집에 갈 때 봐. 첫날 파이팅! 하니는 잘 지내든지 말든지."

건물에 들어가자마자 연우는 계단 쪽으로 사라졌다. 중앙 현관에서 강산이는 어떻게 해야 할지 몰라 가만히 서 있었다.

"넌 교무실 먼저 가야 하나? 이쪽으로 와."

하니가 앞장서서 복도로 향했다. 강산이는 하니 뒷모습을 보면서 참 특이하다고 생각했다. 대답하지 않았는데도 대화를 이어 나가는 것도, 상대가 무엇이 필요한지 금방 눈치채고 도와주는 것도 이상했다. 강산이는 이런 아이를 한 번도 본 적 없었다.

"안녕하세요. 2학년 전학생 왔어요."

"아! 여기다. 여기로 와."

칸막이 너머에서 소리가 들렸다. 목소리 주인은 머리카락을 깔끔하게 넘긴 남자 선생님이었다. 겉모습처럼 깔끔하게 정리된 책상에는 미리 정리해 둔 새 교과서가 쌓여 있었다.

"희현이랑 같이 왔네."

"네. 강산이랑 저랑 같은 마을 살아요."

"그, 그래? 같은 반이니까 뭐, 친하게 지내라."

선생님은 떨떠름하게 대답하셨다. 선생님 말투에서 이상한 분위기를 느꼈을 텐데도 하니는 천진난만하게 말했다.

"우리 같은 반이래. 잘됐다. 그치?"

강산이는 그냥 고개를 작게 끄덕였다.

"여기 교과서 챙기고, 강산이 번호는 20번. 사물함이랑 신발장 번호 보고 물건 정리하면 된다. 교실이랑 신발장이랑 희현이가 안내해 줘. 그리고 자리는 어떻게 하나……."

"저 옆자리 비었어요."

"흐음."

선생님 미간에 주름이 생겼다. 강산이와 하니를 번갈아 보며 한참을 고민하다가 한숨을 내쉬었다.

"그래. 그럼, 자리도 안내해 주고."

"넵."

하니가 자신감 있게 대답했지만, 선생님은 굳은 표정으로 고개를 저었다.

"그리고 교과서 가져가고, 이건 동아리표. 들어가고 싶은 데 생각해 봐. 지금 들어갈 수 있는 데는 동그라미표 해 놨으니까."

교과서 산 위에 종이 하나가 놓였다. 몇 개 안 되는 동아리 이름과 설명이 쓰여 있었다. 하니가 종이 맨 아래쪽을 가리켰다. '원예부'라고 써 있는 곳이었다.

"여기."

"동그라미표 없는데."

"엥? 왜 원예부에 동그라미표를 안 해 놓으셨어요? 우린 언제나 신입 부원 환영이라고요."

선생님은 하니를 힐긋 보고는 한숨을 푹 내쉬었다.

"왜긴 왜야. 탐정놀이 하는 말썽쟁이가 더 늘어나는 건 싫으니까 그렇지."

"반편성 본 건 진짜 억울해요. 진짜 책상 위에 놓여 있었다고요."

선생님은 하니와 말씨름을 하는 것이 귀찮았는지 "그래, 그래." 하며 원예부에도 동그라미표를 해 주셨다.

교무실을 나서자마자 하니의 수다가 다시 시작되었다.

"방금 본 선생님이 우리 담임이야. 과목은 과학이고, 탐정부……, 아니 원예부 담당 선생님이기도 하지."

하니가 강산이 눈치를 보더니 작게 덧붙였다.

"사실, 아직 탐정부로 인정을 못 받았거든."

조금만 봐도 알 수 있는 사실을 비밀 이야기를 하듯이 작게 말했다.

"응."

"하지만 언젠가는 우리도 어엿한 '탐정부'로 인정받을 거라고. 하여튼 깐깐징쌤은 신발이 더러워지는 걸 엄청 싫어하셔. 아! 깐깐징은 아까 그 쌤 별명이야. 별명만 들어도 어떤 쌤인지 알겠지? 평소에 엄청 비싼 구두를 신고 다니시는데, 우리 부실은 저기 학교 구석에 있단 말이지. 거기까지 가는 길이 포장되어 있지도 않고 먼지도 많아. 비가 조금만 와도 질척거려 쌤은 부실에 잘 안 오셔. 그러니까 원예부 활동은 최소한으로 하고 남은 시간은 우리 맘대로 할 수 있어. 그때그때 부원들이 좋아하는 활동을 덧붙이는 거지. 재작년까지는 게임부였대. 작년부터는 탐정부로 바꾸었고. 추리부로 할까, 탐정부로 할까 고민 많이 했었는데 추리부는 어감이 별로라서."

게임부 쪽이 훨씬 재미있어 보였다. 강산이도 게임은 좋아하는 편이었다. 추리니 탐정이니 하는 말은 조금 낯설었다. 강산이는 자기 이야기를 하는 대신 질문하는 쪽을 선택했다.

"추리 좋아해?"

"응! 멋지지 않아? 탐정은 아주 작은 단서도 놓치지 않고 그걸 조합해서 진실을 밝혀 내잖아. 보통 사람은 알아채지 못한 걸 척척 알아내기도 하고."

하니는 자기가 좋아하는 이야기를 해서 신이 났는지 말소리가 점점 높아지고 빨라졌다. 추리를 찬양하는 말은 교실에 도착할 때까지 계속되었다.

"누구? 전학생?"

"전학생이 왔다고?"

강산이가 교실로 들어가자 교실 분위기가 떠들썩해졌다. 하니가 알려 준 자리에 앉기가 무섭게 강산이 곁으로 인간 벽이 생겼다. 아이들은 강산이를 둘러싸고 질문을 던졌다.

"이름이 뭐야?"

"왜 이런 데로 전학 왔어? 어디서 온 거야?"

"하니랑은 알던 사이야?"

한꺼번에 많은 말이 쏟아지자 어떤 질문에 대답해야 할지 몰라 그대로 굳어 버렸다.

"야, 하나씩 물어봐라. 대답할 시간을 주고 물어봐야 대답을 하지."

상황을 정리한 사람은 하니였다. 하니는 아이들을 진정시키더니 강산이에 대한 브리핑을 시작했다.

"이름은 서강산이고, 서울에서 왔어."

"오! 서울?"

"응. 그리고 나랑 같은 동네라서 난 먼저 인사했지."

별로 대단한 말을 한 것 같지도 않은데 아이들은 탄성을 터뜨렸다. 방청객 아르바이트를 하면 딱 좋을 만한 모습이었다.

"궁금증 다 해결되었으면 이제 해산. 곧 수업 시작한다."

하니의 한마디에 아이들은 다시 뿔뿔이 흩어졌다. 강산이는 하니 모습이 부러웠다. 많은 사람 앞에서도 기죽지 않고 할 말을 마음껏 하고, 사람들도 하니 말을 잘 듣는다. 누구도 하니를 무시하지 않았고, 깎아내리거나 비웃지도 않았다.

그에 비해서 자신의 모습은 엉망이었다. 강산이는 자신에게 쏟아진 물음에 단 하나도 제대로 대답하지 못했다. 그런 자신이 너무 싫었다.

시골은 도시와 너무 달랐다. 어른, 아이 할 것 없이 모두 오랫동

안 아는 사이였고, 강산이는 그 사이에 끼어 있어서 많은 관심을 받았다. 선생님들은 수업하다 말고 강산이에게 말을 걸기 일쑤였다. 같은 학년이 아닌 학생들도 강산이를 불러 대며 대화하고 싶어 했다. 낯을 가리는 강산이에게는 인생 최고의 위기였다.

사람들이 다가올 때마다 강산이는 하니를 떠올렸다. 하니처럼 말하자. 당당하게, 아무렇지 않은 것처럼. 하지만 마음먹은 것과 다르게 강산이 목소리는 염소처럼 작고 떨렸다. 금방이라도 울음이 섞일 것 같은 목소리였다.

그렇게 이야기하면 상대는 어김없이 묘한 표정을 짓다가 다른 주제로 말을 돌리거나 급하게 인사하고는 멀어졌다. 그럴 때마다 강산이는 모든 것이 싫어졌다. 마을도 싫고, 학교도 싫고, 이곳에 오게 한 부모님도 싫었다.

머릿속으로 모든 것에 불만을 쏟아 내다가 지치면 언제 꾀병 작전을 실행할지 머릿속으로 날짜를 계산했다. 마음 같아서는 지금 당장 하고 싶었다. 하지만 그랬다가는 꾀병인 것을 금방 들킬지도 몰랐다. 어느 정도 학교를 멀쩡하게 다니는 모습을 보여 주다가 적응했다고 생각할 때쯤 시작해야 완벽하게 속일 수 있을 것이다.

그럼, 언제가 적당할까. 5월 초쯤? 아니, 그때까지 버틸 자신이 없었다. 4월 중순쯤으로 하자. 그때 시작해서 한 주에 한두 번씩 엄

살을 부리자. 그럼, 자신을 다시 서울로 데려갈 수밖에 없을 것이다. 그렇게 생각하니 이 생활을 조금 더 견딜 수 있을 것 같았다.

그럭저럭 무난하게 며칠을 보냈다. 연세중은 이전 학교와는 다르게 강산이를 괴롭히는 아이들이 없었다. 하지만 처음처럼 자신과 이야기를 나누고 싶어 하지도 않았다. 모둠 활동처럼 꼭 필요할 때는 말을 걸었지만 그 외에는 말을 걸지 않았다.

강산이는 한편으로 마음 편하면서도 왠지 쓸쓸했다. 이 상황에서 처음과 똑같이 자신을 대하는 사람은 하니뿐이었다.

특히 하니는 강산이를 탐정부인 척하는 원예부에 넣고 싶은 욕심을 버리지 못했다.

"오늘은 버스 오래 기다려야 하는 날이잖아. 우리 부실에서 기다릴래?"

이런 식으로 틈만 나면 동아리로 오라고 꾀고는 했다. 이런저런 핑계를 대며 거절하면 하니는 시무룩해졌다 금세 탐정부 이야기를 다시 꺼냈다.

스물한 번째 "탐정부 구경 갈래?"를 들었을 때는 더 이상 거절할 핑계가 없었다.

"짠."

하니는 자랑스레 텃밭으로 손을 뻗었다. 경쾌한 효과음과는 달리 텃밭은 휑했다. 한구석에 이름 모를 초록색 식물이 줄지어 서 있고, 그 주위로 더 작은 식물들이 땅을 메우고 있었다. 모두 합해도 텃밭 절반도 되지 않았다. 비어 있는 땅을 바라보다가 하니 쪽으로 고개를 돌리니 머쓱한 표정을 지었다.

"이제 곧 뭔가 심으려고 했어. 그것보다 이거 봐. 정말 잘 자랐지?"

하니가 보여 주려고 한 것은 텃밭에서 가장 윤기가 나는 초록색 풀이었다.

"추울 때 심은 시금치는 크기는 작아도 달고 맛있거든. 나름 열심히 키웠어. 이거 물 주려고 방학 때도 학교에 나왔다고."

하니는 빨간 통에 담겨 있던 물을 가득 퍼서 시금치 위에 뿌렸다. 흙이 촉촉해지며 색이 진해졌다. 강산이는 그 옆에 작은 풀을 가리켰다.

"이건?"

"그건 그냥 잡초."

하니는 작은 풀을 잡더니 힘을 주어 뿌리까지 뽑았다.

"줄지어 있는 거 말고는 다 잡초야. 제때 뽑아 주지 않으면 양분을 다 먹어 버리니까 시금치가 잘 안 자라. 이렇게 뿌리까지 뽑아내야 해."

강산이도 하니처럼 풀 줄기를 잡아당겼다. 하지만 뿌리가 나오기도 전에 줄기가 똑 끊어졌다. 다시 한 번 해 봐도 마찬가지였다.

"어…… 잘 안 되는데."

"처음이니까 그렇지. 하다 보면 익숙해져서 잘돼."

하니는 뽑은 잡초를 한쪽에 쌓아 두고는 텃밭 옆 간이 건물로 향했다. 문 앞에는 조악한 문패에 '탐정부'라고 적혀 있었다. 앞에 두 글자는 종이에 써 테이프로 붙여 놓았는데, 원래 '원예부'라고 적혀 있던 것을 '탐정부'로 바꾸어 놓은 것 같았다. 하니가 손잡이를 돌려 문을 열었다.

부실에 들어서자마자 진한 흙냄새가 났다. 제일 안쪽에는 농사 도구가 정리되지 않고 널브러져 있고, 부실 가운데에는 작은 나무 탁자 하나와 등받이 없는 나무 의자 네 개가 놓여 있었다.

하니는 의자 쪽으로 강산이를 이끌어서 앉혔다. 그러고는 부산스럽게 여기저기를 정리했다. 농사 도구를 제자리에 놓고 바닥에 쌓여 있던 흙을 건물 밖으로 쓸어 냈다.

순식간에 부실을 정리한 하니가 강산이 맞은편에 앉았다.

"우리 동아리가 뭐 하는 데냐면, 보다시피 저기 텃밭을 가꾸는 동아리야. 학교에서도 저 텃밭을 관리하기 힘드니까 동아리 하나 만들어서 맡긴 거지. 근데 우리 학교는 거의 농사짓는 집 아이들이니까 집에서 질릴 정도로 한 일을 학교에서는 하기 싫을 거 아니야. 그래서 원예부가 제일 인기 없는 동아리야. 항상 희망자가 아무도 없어서 선생님들이 학년에서 한두 명 정도를 강제로 넣어."

"너도 그랬어?"

"응. 가위바위보에서 졌어. 근데 와 보니까 꽤 여유 있더라고. 텃밭에 잡초가 정글처럼 자라지만 않으면 학교에서 아무도 신경 안 써. 뭘 심어도 되고, 아예 안 심어도 괜찮았거든. 아, 대마나 양귀비를 심으면 난리 나겠지만."

하니는 뭐가 웃긴지 낄낄대다가 설명을 다시 시작했다.

"그래서 몇 년 전 선배들이 원예부 활동 말고 다른 활동도 함께 하기 시작한 거지. 처음에는 컴퓨터랑 게임기를 들고 와서 게임방처럼 만들었대. 그 선배들이 졸업하고 나서는 우리가 탐정부를 만들었어."

하니는 탁자 서랍에서 공책 하나를 꺼내 펼쳤다. 그 안에는 작년 탐정부가 한 활동이 빼곡하게 기록되어 있었다. 강산이는 빠르게 공책을 훑어보았다.

지우개 연쇄 실종 사건, 집 나간 고양이 찾기, 잃어버린 열쇠 찾기, 1학년 누구 이상형 알아 오기 등 제대로 된 사건은 하나도 없었다. 하기는 이런 시골 마을에서 멋진 추리가 필요한 사건이 일어나

는 것도 이상하다.

 기록된 사건이 너무 시시하다는 것도 문제였지만, 그보다 더 큰 문제가 있었다.

 "해결된 게······."

 각 사건의 오른쪽 칸에는 해결 여부가 표시되어 있었는데 거의 모두 엑스표가 되어 있었다. 동그라미표가 그려져 있는 사건은 두세 개뿐이었다.

 "이거 혹시 엑스가 해결한 거고 동그라미가 해결 못 한 건가?"

 "어, 아닌데. 동그라미가 해결한 거 맞아. 뭐 생각한 대로 잘 안 되더라고."

 하니는 강산이가 동아리에 들어오지 않을까 봐 급하게 말을 이었다.

 "그래도 해결하려고 노력하는 과정이 진짜 재미있어. 해결되든 안 되든 노력하는 그 과정 자체로 의미 있잖아."

 말은 그럴듯하게 하지만 결국 제대로 된 활동을 하지 못했다는 것이다. 그래도 강산이는 이 동아리가 나름 괜찮다고 생각했다.

 탐정이니 뭐니 하는 일에 흥미가 생긴 것은 아니다. 사람이 적고 구석진 곳에 부실이 있다는 것이 마음에 들었다.

 앞으로 힘들거나 사람들을 피하고 싶을 때는 이곳에 숨으면 될 것 같았다.

"나, 이 동아리 들어가고 싶어."

"진짜? 진짜지? 나중에 말 바꾸면 안 돼. 쌤한테는 내가 말할게."

강산이의 진짜 마음을 모르는 하니는 그저 즐거워서 방방 뛰었다.

2
누가 사물함을 열었나?

 그러던 어느 날 평화롭게 보내고 싶었던 강산이 바람을 산산조각 낸 사건이 터졌다. 여느 날처럼 수학 교과서를 꺼내려고 사물함을 연 그 순간, 강산이는 그대로 몸이 굳어 버렸다. 당황한 눈동자가 눈꺼풀 속으로 숨었다가 다시 나왔지만, 눈앞에 벌어진 상황은 바뀌지 않았다.

 강산이는 크게 숨을 내쉬어 마음을 진정시키고는 사물함 안으로 손을 뻗어 수학 교과서를 꺼냈다. 한 번도 쓰지 않은 수학 교과서는 갈색 액체에 푹 적셨다가 마른 듯 더럽고 우글우글해져 있었다.

 강산이는 전학 온 첫날 수학 교과서를 사물함에 넣어 두었다. 담임 선생님한테 받자마자 바로 사물함에 넣어서 한 번도 펼치지 않은 깔끔한 새 책이었다. 심지어 이름조차 적지 않았다. 그런데 이렇게 변한 것이다. 언제부터 이렇게 되었는지도 알 수 없었다.

강산이는 머리가 핑 돌았다. 등 뒤로 식은땀이 흘렀다. 이 상황이 낯설지 않았다. 강산이는 이전 학교에서도 이런 식으로 괴롭힘을 많이 당했다. 가방 속에 넣어 두었던 책들이 화장실 쓰레기통에서 발견되기도 하고, 책상 서랍이나 사물함이 쓰레기로 가득 채워져 있기도 했다.

학교를 옮겼는데도 똑같은 일이 일어난다면 혹시 자신에게 무슨 문제가 있는 것일까? 강산이는 끝없이 나쁜 생각이 떠올랐다.

"어? 그거 왜 그래?"

하니가 다가와 물었지만, 아무런 말도 할 수 없었다. 지금 입을 열면 금방이라도 울음이 터질 것 같았다. 강산이 표정을 본 하니가 교과서를 낚아채더니 자기 사물함에서 수학 교과서를 꺼내 손에 쥐어 주었다. 하니는 더러운 수학 교과서를 자기 가방 속에 넣었다.

"내가 옆 반에 가서 책 빌려 올게. 넌 우선 이거 써."

"그건 왜 가방에."

"당연히 범인을 찾아야 하니까 챙겼지."

하니는 당연한 것을 묻는다는 듯 대수롭지 않게 대답하더니 옆

반으로 뛰어갔다. 하니가 다시 돌아왔을 때는 수업 시작을 알리는 종이 울리고 있었다.

수업은 시작했는데 강산이는 도저히 집중할 수가 없었다. 더럽혀진 교과서가 아른거리고 머리까지 지끈거리니 선생님 말씀이 들어올 리 없었다.

"올해 첫 사건입니다. 수학 교과서 훼손 사건을 조사하겠습니다."

수업이 끝나자마자 하니는 강산이를 탐정부실로 데려갔다. 그러고는 예전에 보여 준 그 공책을 꺼내어 사건 개요를 적었다.

3월 8일 수학 교과서 훼손 사건, 피해자 서강산, 2-2 교실

하니는 정말 탐정이 된 것처럼 수학 교과서를 요리조리 살폈다.

"이 냄새는…… 매점에서 파는 초코우유 냄새인 것 같은데."

하니는 수학 교과서에 코를 대고 킁킁거렸다. 강산이도 코를 가까이 대니 약하게 초콜릿 냄새가 났다.

"차라리 다른 거였다면 범인을 찾기 쉬웠을 텐데. 이 초코우유는 매점에서 제일 인기가 많은 음료거든. 매점에서 누가 사 갔는지 알아보는 거로는 범인을 찾을 수 없겠어. 다른 단서는 없나?"

하니는 교과서 안쪽을 펼쳐 보았다.

"여길 봐. 이만큼 책을 펼친 자국이 있어. 첫 번째 단원 첫 차시 부분. 그리고 음료를 쏟은 곳도 여기인 것 같지? 젖은 부분이 제일 넓어."

"난 괜찮아. 그건 버리고 새로 사면 되니까."

강산이는 젖은 교과서가 지금 눈앞에 있는 것조차 스트레스였다. 당장이라도 쓰레기통에 처박고는 잊어버리고 싶었다.

"다음에도 이런 일 생기면 어떡하려고? 이건 철저하게 파헤쳐서 범인을 찾아야 해."

"난 싫어."

강산이가 힘없이 말했다. 하니는 강산이 얼굴을 물끄러미 쳐다보다가 수학 교과서를 다시 가방에 집어넣었다.

"피해자가 원하지 않는데 조사를 계속할 수는 없지. 혹시 나중에라도 생각이 바뀌면 말해 줘."

하니는 고집부린 것치고는 쉽게 포기했다. 그러나 수학 교과서를 버리거나 돌려줄 생각은 없어 보였다.

다시 본관 쪽으로 돌아가는 길에 하니는 보기 드물게 입을 다물고 생각에 잠겼다. 교과서 사건에 어떤 생각들을 이어 나가느라 조

용했겠지만, 강산이는 방금 자기가 한 말 때문에 기분이 상했나 싶어 하니 눈치를 보았다. 강산이는 마음이 불편해 아무 말이나 꺼냈다.

"탐정부는 너 혼자야?"

"너랑 나 말고 2학년 한 명 더 있어. 그러고 보니 이 자식은 요새 왜 안 와?"

화가 난 말투는 아니었다. 강산이가 안심하는 사이 하니는 핸드폰을 꺼내 빠르게 자판을 터치했다. 메시지를 보내기 무섭게 답장이 왔다. 그 뒤로 몇 번 더 메시지가 오고 갔다.

"또 다른 데 정신이 팔렸나 봐. 한가해지면 올 거야."

솔직히 강산이는 지금이 편했다. 낯선 사람이 늘어나면 부실에서도 마음 편히 있지 못할 것 같았다. 계속 바빠서 아예 안 오면 좋을 텐데. 별로 궁금하지 않았는데 하니는 핸드폰 화면을 강산이에게 돌려서 보여 주었다.

'박현석'이라고 적힌 채팅방에는 방금 두 사람이 나눈 대화가 담겨 있었다.

- 뭐 하냐?
- 미안. 내가 다음에 꼭 사 갈게. 진짜 미안.

- 👎 탐정부에는 언제 올 건데? 우리 새로운 부원 들어온 건 알고 있어?
- 💬 아! 전학생 들어왔다고 했지? 환영 파티라도 해야 하는데. 조만간 들를게.
- 👎 '조만간'이 언젠데?
- 💬 3학년이랑 축구 경기 있잖아. 이번엔 꼭 이겨야 해.

"환영 파티 하재. 근데 뭘 사 온다는 거야?"
"다른 사람은 없어? 3학년은?"
"원래 3학년도 한 명 있었는데, 전학 갔어. 그래서 지금은 우리 셋뿐이야. 1학년에서 많이 들어왔으면 좋겠다. 가위바위보에서 진 사람 말고 진짜 추리에 관심 있는 사람으로."

둘 사이에는 다시 침묵이 흘렀다. 하지만 아까처럼 불편하지는 않았다. 3월치고는 따뜻한 햇볕이 길을 데우고 있었다.

하니가 길 가운데 있는 돌을 살짝 차서 바깥으로 밀어내는 모습을 보고 있자니 엉망이 된 교과서를 본 일은 먼 옛날에 일어났던 것처럼 느껴졌다. 저 아이와 함께 있으면 복잡했던 머릿속이 단순하게 바뀌었다. 그 느낌이 별로 나쁘지 않다고 생각했다.

그 뒤로 며칠 동안 강산이에게는 별다른 일이 일어나지 않았다.

수학 교과서는 인터넷으로 다시 주문했는데 배송까지는 아직 며칠이 더 남았다. 그때까지 하니가 교과서를 빌려다 주겠다고 했다. 1반에 아는 사람이 전혀 없는 강산이에게는 참 고마운 일이었다.

그렇게 평화로운 날들이 지나며 마음을 놓고 있을 때 또다시 사건이 일어났다. 체육 수업이 있는 날이었다.

여자아이들이 탈의실로 우르르 빠져나가고 남학생들도 옷을 갈아입기 시작했다. 남학생용 탈의실이 있기는 한데 대부분은 교실에서 갈아입었다. 탈의실로 왔다 갔다 하는 시간을 아껴서 한 번이라도 공을 더 차기 위해서였다. 강산이는 탈의실에서 갈아입는 것이 더 좋았지만 다른 사람들과 다르게 행동해서 눈에 띄고 싶지 않았다.

하니는 사물함에 곱게 개켜 있던 체육복을 꺼냈다. 강산이도 체육복을 꺼내기 위해 사물함 문을 열었다가 멈칫했다.

"왜 그래?"

바로 옆에 있던 하니가 바로 알아차리고는 사물함 안을 들여다보았다.

"어? 체육복, 어딨어?"

강산이는 지난 금요일에 체육복을 집에 가져가 깨끗하게 빨아왔다. 그리고 오늘 아침 깨끗한 체육복을 사물함에 정리해 놓았다. 그런데 그 체육복이 감쪽같이 사라져 버렸다.

강산이는 체육복을 넣어 둔 자리에 손을 뻗었다. 보기 좋게 정리해 놓았던 사물함은 체육복이 없어지자 한쪽이 휑했다.

"누구 빌려주었어?"

"아니."

다른 아이 체육복이었다면 누군가가 빌려 갔다고 생각할 수도 있었다. 하지만 강산이는 체육복을 말없이 빌려 갈 만큼 스스럼없이 지내는 친구가 없었다. 아예 다른 반 아이들과는 말도 섞지 않았다. 그것을 알고 있는 하니도 금방 생각을 바꾸었다.

"내 것이 없어졌으면 의심할 만한 사람이 한가득이지만, 넌 아니지. 우선 옆 반 가서 체육복 빌려 올게."

하니는 바로 교실을 뛰쳐나가려고 했다. 강산이가 다급하게 하니를 붙잡았다.

"아니. 괜찮아."

"지금 체육복 필요하잖아. 교복 입고 나가면 혼나."

그것은 그렇지만, 강산이는 다른 사람의 땀 냄새가 밴 옷을 입고 싶지 않았다. 그리고 상대도 누군지 모르는 사람에게 옷을 빌려주고 싶지 않을 것이다. 하니가 입을 줄 알고 빌려주었는데 다른 사

람이 입은 것을 알면 기분 나쁠 수도 있었다.

그렇다고 교복을 입고 체육 수업에 나갔다가 반 아이들 앞에서 혼나는 모습을 보여 주고 싶지도 않았다. 그럼 방법은 하나뿐이다.

"나, 나는 몸이 안 좋아서. 이번 체육은 빠질래."

"어? 진짜?"

하니의 표정에 걱정이 어렸다. 강산이는 자신이 어떤 표정을 지어야 허약해 보이는지 너무 잘 알고 있었다. 부모님은 너무 걱정이 많으니까 두 분에게는 쓰지 못하지만, 학교 선생님한테는 질릴 정도로 써먹은 표정이다.

"너 진짜 아파 보인다. 보건실은 어디 있는지 알아?"

"응."

"체육쌤한테는 내가 말씀드릴게. 보건실 가서 쉬어."

"응."

하니는 강산이가 만류해도 보건실까지 바래다 준 후 운동장으로 나갔다.

강산이는 보건실 침대에 누워 멍하니 시간을 보내면서 수학 교과서를 더럽히고 체육복을 가져간 사람이 누구일까 생각했다. 생각한다고 떠오르는 것도 아니었지만.

강산이는 가만히 누워 있는 것도 지루해서 몸을 일으켰다. 머릿속이 복잡할 때는 몸을 움직이는 편이 나았다. 보건실을 나와 복도에 서서 어디로 갈지 고민했다. 지금 운동장은 체육 수업 중이니 빼고, 복도를 돌아다니는 것도 안 된다. 수업 시간에 배회하는 모습을 다른 선생님이 보시면 안 되니까. 이것저것 빼고 나니 남은 곳은 하나밖에 없었다. 강산이는 그 장소로 걸음을 옮겼다.

"자, 이제 더는 미룰 수가 없습니다. 우리에게 생긴 문제를 해결해야 합니다."

하니가 책상을 두 손으로 '탕' 치며 이야기했다. 말투와 몸짓은 그럴 듯했지만 방금 체육을 한 통에 머리카락이 땀에 절어 그리 멋지지는 않았다.

"해결?"

"응. 첫 번째로 수학 교과서가 엉망이 된 사건. 두 번째로 체육복 실종 사건. 벌써 해결해야 하는 사건이 두 개나 있어. 지금이야말로 우리 탐정부가 나설 때지."

피해자이자 탐정이 되는 것인가. 강산이는 그냥 사람이 적은 부서라서 탐정부를 선택했지 진짜로 탐정 일을 하고 싶은 것은 아니었다. 하지만 "같이할 거지?"라는 물음에 차마 고개를 저을 수가 없었다.

두 사람은 다시 탐정부실로 이동했다. 낡은 간이 건물과 그 옆에 있는 텃밭이 보이기 시작하자 하니가 이상한 소리를 냈다.

"어? 어!"

'어' 소리는 점점 커지고 높아졌다. 하니는 그 소리를 다섯 번 정도 반복하고는 텃밭 쪽으로 뛰어갔다. 그러더니 텃밭 앞에 무릎을 꿇고 앉아 소리를 질렀다.

"으아아악! 어떻게 된 거야!"

강산이도 덩달아 놀라서 하니 곁으로 뛰어갔다.

"뭐, 뭐야? 무슨 일이야?"

하니는 바닥을 짚었던 손으로 자기 머리카락을 잡았다. 손끝에 묻어 있던 흙들이 머리카락 사이사이로 들어가는 것이 보였다. 강산이는 하니 손을 빼내 흙을 털어 주었다.

"왜? 뭣 때문에 그래?"

다시 한 번 묻자 하니가 처량한 목소리로 말했다.

"새싹들이 없어졌어."

"새싹?"

"응. 내가 상추랑 열무랑 해서 이것저것 씨를 흩뿌려 놓았거든. 그게 드디어 싹이 올라왔었는데, 전부 다 없어졌어."

하니는 비어 있는 텃밭 반쪽에 손을 뻗어 동그라미를 그렸다.

"여기. 여기에 있었다고. 여기부터 저기까지 새싹이 잔뜩 있었는데. 내가 아침에 물 주러 왔을 때만 해도 멀쩡했다고. 대체 누구야! 잡히면 가만 안 두겠어!"

강산이는 텃밭으로 시선을 돌렸다. 깔끔하게 정리된 땅에는 한 구석에 줄지어 있는 시금치 외에는 아무것도 없었다. 하니는 서러움이 복받치는지 울먹이는 소리로 중얼거렸다.

"새싹들한테 이러면 안 되지. 차라리 나한테 해코지하지."

"응. 아!"

"어? 왜, 왜 그래?"

강산이는 대답하다 갑자기 큰 소리를 냈다. 하니도 덩달아 깜짝 놀랐다.

"나, 나 알았어. 어떻게 지금까지 이걸 생각하지 못했지?"

"뭐, 뭘? 뭘 알아?"

"지금 우리한테 일어난 일들 어떻게 된 일인지 알았다고."

강산이가 평소보다 빠르고 높은 목소리로 말을 이었다.

"간단히 말해서 내 불행은 너 때문이고, 네 불행은 나 때문이야."

"음. 뭔가 시적인 표현이네."

하니는 무슨 말인지 전혀 모르겠다는 표정을 지으면서도 우선 착실하게 대답했다. 강산이도 하니가 전혀 알아듣지 못한다는 것

을 금방 눈치챘다. 다시 설명하려고 입을 열었다가 금세 표정이 어두워졌다.

강산이는 갑자기 엉뚱한 이야기를 꺼냈다.

"너 뭐 좋아하는 거 있어?"

"음. 추리?"

"그런 거 말고. 먹을 거 같은……."

"그럼 역시 닭강정이지. 저기 학교 앞 분식집 닭강정 진짜 맛있거든."

"우리 점심 급식 먹지 말고 닭강정 먹을래? 내가 살게."

"오! 진짜?"

갑작스러운 제안이었지만 하니는 별 의심 없이 받아들였다. 강산이는 머릿속으로 할 말을 정리하면서 우선 맛있는 것부터 먹여서 기분 좋게 해야겠다고 생각했다. 그 뒤에 말한다면 조금은 괜찮겠지?

"그럼 내가 외출증 끊고 사 올게."

"아냐, 아냐. 간편한 방법이 있어."

하니는 강산이를 학교 뒤쪽 외진 벽으로 이끌었다.

"여기 너머가 닭강정 집이야."

"담 넘는 건 아니지? 난 못해."

"넘어가다가 떨어지면 큰일 나. 현금이야, 카드야?"

"현금."

하니는 담을 넘는 대신 핸드폰을 꺼내 들었다. 전화로 닭강정을 주문하고 좀 기다리자 담 너머로 닭강정 집 아저씨의 활기찬 목소리가 들렸다.

"닭강정 왔습니다."

"네. 잠시만요."

하니는 가까운 나무에 돌돌 말려 있는 낡은 나일론 끈을 풀었다. 끈 끝부분에 돈을 잘 매달아 담장 너머로 던지자 꽁꽁 잘 포장된 닭강정 상자가 매달려 왔다. 일련의 과정을 지켜보던 강산이가 감탄하며 말했다.

"이런 식으로 먹는구나."

"원예부 전통으로 내려오는 방법이지. 선생님들도 어느 정도 모르는 척해 주시고."

두 사람은 탐정부실로 들어와 탁자에 닭강정을 펼쳤다. 상자를 열자 뜨거운 김과 함께 맛있는 냄새가 모락모락 올라왔다. 하니가 젓가락을 뜯어 강산이 손에 쥐어 주었다.

"돈을 내신 분이 먼저 드시지요."

강산이는 닭강정 한 조각을 집어 입에 넣었다. 겉에 양념을 아낌

없이 발라서 눅눅할 줄 알았는데 이가 닿자마자 파사삭 하는 소리가 날 정도로 바삭했다. 이렇게 맛있는 닭강정은 처음이었다. 강산이 얼굴에 미소가 떠올랐다.

"맛있지?"

"응."

"많이 먹어. 네가 산 거지만."

강산이는 닭강정을 먹기 시작하는 하니를 힐끔힐끔 바라보며 말을 언제쯤 시작하면 좋을지 고민했다. 어느 정도 배가 찬 다음이 좋겠지. 사람은 배가 부르면 좀 더 너그러워지니까.

닭강정이 절반으로 줄어들었을 때, 강산이는 하니 눈치를 보면서 말을 꺼냈다.

"우선 텃밭부터 설명하자면, 미안해. 내가 그랬어."

강산이는 고개를 숙여 사과했다. 하니는 전혀 예상치 못했던 말에 닭강정을 입에 반쯤 넣은 상태로 굳어 버렸다. 곧이어 젓가락에 들려 있던 닭강정이 떨어져 바닥을 굴렀다. 너무 당황해서 입만 벙긋하는 하니를 힐끗 보고는 다시 말을 이었다.

"그러니까 방금 보건실에 누워 있다가 바람 쐬러 나왔는데, 갈 만한 데가 여기밖에 없어서 왔었거든. 그런데 새싹이 보여서 어…… 왜 그랬느냐면, 새싹들이 줄지어 서 있지 않아서 잡초인 줄 알았어. 저번에 줄지어 있는 거 말고 주변에 난 건 잡초라고 들어서 다 잡초인 줄 알고 뽑았어. 미안해."

강산이가 처음으로 탐정부실 구경을 온 날, 하니는 잡초를 뽑으며 '줄지어 있지 않은 건 잡초'라고 설명했었다. 강산이는 씨앗을 흩뿌릴 수 있다는 것도 몰랐고, 상추랑 열무의 새싹이 어떻게 생겼는지도 몰랐다. 강산이 눈에는 갓 나온 새싹이나 길가에 아무렇게나 있는 잡초나 다 똑같아 보였다. 그래서 새싹도 잡초인 줄 알고 모두 뽑아 버린 것이다.

말이 없는 하니 옆에서 강산이는 손을 꼼지락거리다가 옷을 잡아당기다가 하면서 어쩔 줄 몰라 했다. 당연히 하니가 화를 참느라 말이 없다고 생각한 것이다.

"아까 내가 큰 소리를 낸 건 누가 나 괴롭히려고 일부러 싹을 뽑은 건 줄 알고 그런 거야. 실수면 화 안 내."

하니가 강산이를 달랬다. 그래도 강산이는 표정을 풀지 않았다. 하니는 새로운 닭강정을 집어서 입에 넣었다.

"네가 입 다물고 있었다면 끝까지 몰랐을 거야."

"아니 알았을 것 같은데. 이 학교 학생들은 거의 농사에 익숙하니까. 잡초랑 작물을 구별 못 하는 건 나밖에 없지 않을까."

"구별 못 해서가 아니라 날 괴롭히려는 걸로 생각할 수도 있잖

아."

아까 하니는 진짜 그렇게 생각하기도 했었다. 강산이는 생각을 정리하느라 아랫입술을 잘근거리며 씹었다.

"널 괴롭히려고 한 거라면 새싹이 아니라 시금치를 뽑았겠지. 밭을 엉망으로 만들어 버리거나."

"그것도 그러네."

"무엇보다 내가 말 안 하면 계속 마음 상해 있었을 거 아니야."

"……고마워."

"그건 내가 할 말 아니냐?"

강산이는 괜히 툴툴거렸다. 하니는 아까부터 가장 마음에 걸린 것을 물었다.

"그럼 네 불행이 나 때문이라는 건 무슨 말이야?"

"그건 네가 '한희현'이기 때문이야."

강산이는 거기까지만 말하고 입을 다물었다. 답답하게 만들려는 것은 아니다. 그냥 여기까지 말하면 당연히 알 수 있다고 생각한 것이다.

"그게 왜? 좀 더 자세히 말해 봐."

"넌 한희현이고, 학교에서 출석 번호는 가나다 순으로 정하잖아. 너는 히읗, 히읗, 히읗이니까 언제나 반에서 맨 끝 번호를 받았을 거야."

하니는 고개를 끄덕였다. 강산이 말대로 하니는 언제나 맨 끝 번호였다. 올해만 빼고.

"그런데 올해는 내가 뒤늦게 전학을 와서 맨 끝 번호를 받았지. 몇 달이 지나면 다른 학년이나 다른 반 아이들도 네가 아니라 내가 끝 번호라는 걸 자연스럽게 알겠지만 아직은 3월이니까 우리 반이 아니면 모르는 게 당연하지."

"잠깐 그럼 교과서나 체육복은 네가 아니라 나라고 생각해서 그렇게 만들었다고?"

"응. 그렇지."

하니 사물함이라고 생각하면 좀 더 이야기가 자연스럽다. 강산이는 마음대로 사물함을 뒤져 물건을 빌려 갈 만한 친구가 없었지만, 하니는 그런 친구가 많았다.

"물건을 빌려 가서 망가뜨려 놓고 아무 말도 없이 넣어 둘 사람이나 체육복을 제때 돌려주지 않을 사람, 혹시 누가 있어?"

하니 눈동자가 천장을 헤맸다. 좀처럼 떠오르는 사람이 없는지 입 밖으로 나오는 이름은 없었다. 강산이가 조심스럽게 생각을 도왔다.

"교과서를 그렇게 엉망으로 만들어 놓고 아무 말 안 했을 리는

없고 뜬금없이 사과한다든가 눈치를 본다든가 하는 사람은 없었어?"

"음…… 모르겠는데."

강산이는 의심되는 사람이 있었지만, 말을 꺼내기가 조심스러웠다. 혹시나 전혀 관련 없는 사람을 의심하고 있는지도 몰랐다.

"저기, 아닐 수도 있기는 한데. 뭐 물어봐도 돼?"

"뭔데?"

"저번에 핸드폰 보여 주었잖아. 탐정부 애가 보낸 메시지 말이야."

"응. 그랬지."

"그 애가 미안하다고 한 건 뭘 미안하다고 한 거야?"

하니는 핸드폰 메시지함을 열어 주고받은 대화를 다시 살폈다.

"'뭐 하냐.', '미안, 내가 다음에 꼭 사 갈게. 진짜 미안.' 응? 이게 뭔 소리야? 대화가 이어지지 않는 느낌인데."

당시에는 별 생각 없이 나누었던 대화인데 다시 살펴보니 이상했다. 강산이는 하니 반응을 보고 자기 생각이 맞았다는 것을 느꼈다.

"보통 '뭐 하냐'라고 물어보면 지금 어떤 일을 하고 있는지 대답하잖아. 그런데 얘는 다짜고짜 사과부터 했단 말이지."

"왜 그랬지?"

"같은 말이라도 어떤 느낌으로 말하는지에 따라 뜻이 달라지잖아. '잘한다'는 말이 진짜 잘했을 때도 쓰지만 반대 의미로 '자알 한다' 이런 식으로 쓰는 것처럼. 문자 메시지에서 뉘앙스는 느껴지지 않으니까 같은 말도 다른 뜻으로 착각할 수 있어. 잘 들어 봐."

강산이는 '뭐 하냐'는 말을 다른 어투로 두 번 말했다. 첫 번째는 진짜 무엇을 하고 있는지 물어보는 말투였고, 두 번째는 뭔가 잘못한 사람을 질책하는 말투였다.

"봐. 느낌이 전혀 다르지?"

"그러네. 들어 보니까 알겠다."

"너는 무엇을 하고 있는지 물었지만, 상대는 잘못을 질책하는 걸로 느꼈을 거야. 그렇게 느꼈다는 건 너한테 뭔가 잘못했다는 뜻이고. 그러니 우선 제일 수상한 건 이 애야."

강산이 입이 쉴 새 없이 움직였다. 꼭 필요한 말만 짧게 하는 평소 모습과는 전혀 달랐다. 하니는 그 모습을 신기하게 바라보았다.

"네가 이렇게 말을 많이 하는 건 처음 봐."

강산이는 그제야 자신이 계속 말을 하고 있었다는 사실을 깨달았다. 보통은 한마디를 꺼내기 전에 수십 번은 생각했다. 그러고도 밖으로 내뱉지 못하는 말이 한가득이다. 그러나 하니 앞에서는 많

이 생각하지 않아도 말이 편하게 나왔다. 같이 지낸 시간이 그리 길지 않은데도 이상했다.

"미안. 나 혼자 너무 말했지?"

"아니. 그게 왜 미안해. 네가 하는 이야기 진짜 재미있어. 추리 소설에 나오는 탐정 같아."

갑자기 탐정부실 문이 덜컹 열리더니 남자아이가 뛰어 들어왔다. 그 아이 한쪽 손에는 종이 가방이 들려 있었다. 남자아이는 탁자 위에 놓인 닭강정 상자를 보더니 날뛰기 시작했다.

"닭강정! 나 빼고 닭강정이냐. 치사하다. 치사해. 난 오늘 맛없는 급식 먹었는데!"

"오늘 뭐 나왔는데?"

"코다리 강정! 친구는 코다리 강정 먹게 해 놓고 닭강정을 먹다니!"

하니는 날뛰는 남자아이를 붙잡아 강산이와 마주 보게 했다.

"너랑 할 말 많은데, 우선 서로 인사부터 해. 신입 부원 서강산. 얘는 박현석이야. 이제 우리 셋이 탐정부지."

"어! 안녕! 맞다 환영 파티 해야 하는데. 혹시 이 닭강정 나 빼고 환영 파티 한 거야? 의리 없는 놈."

"네가 지금 의리 운운할 때냐? 강산이 교과서 엉망으로 만든 거 너지?"

"엉? 강산이 교과서?"

현석이는 고개를 갸웃했다.

"갈색 뭔가 쏟아 놓고 말도 없이 사물함에 넣어 둔 거 말이야. 네가 그런 거야?"

"아! 네 것 아니었냐? 어쩐지 별말 안 하더라."

"이놈아, 교과서를 그렇게 만들었으면 이야기를 해야지."

역시 현석이가 한 짓이었다. 하니는 현석이 때문에 강산이랑 자신이 마음고생 한 것을 생각하며 분한 마음을 담아 현석이 멱살을 잡아 흔들었다. 현석이는 큰 저항 없이 흔드는 대로 이리저리 흔들렸다.

"나 포스트잇에 편지 써서 표지에다가 붙여 놨었어. 그냥 넣어 둔 거 아니야."

"그런 거 없었거든?"

"어, 그럼 가져가는 중에 떨어졌나."

현석이는 머쓱해서 웃었다.

하니가 흔드는 것을 멈추자 현석이는 바로 강산이 앞에 무릎을 꿇었다. 무릎과 바닥이 부딪히며 '쿵' 하는 소리가 났다.

"미안. 내가 그렇게 염치없는 놈은 아닌데. 어쩌다 보니 염치없는 짓을 해 버렸네."

강산이는 상대가 무릎까지 꿇으며 사과하자 당황해서 어쩔 줄 몰라 했다.

"얘 무릎 엄청 가벼워. 아무 때나 무릎 꿇으니까 그렇게 당황하지 마."

"뭔 소리냐. 난 언제나 내 마음을 다해 사과하는 거뿐이라고."

"무, 무릎에서 엄청난 소리가 났는데."

"그건 소리가 클수록 용서받을 확률이 높아지니까."

현석이가 엄지를 치켜들며 말했다. 하니가 팔을 당겼지만 현석이는 다리를 바닥에 붙인 것처럼 꼼짝도 하지 않았다.

"너 그러다가 늙어서 고생한다. 얼른 앉아서 닭강정이나 먹어."

"강산이가 용서를 해야 일어나지."

"어, 어. 일어나."

"넵. 감사합니다."

현석이는 강산이 허락이 떨어지자마자 자리를 잡고 앉아 닭강정을 흡입했다. 분명 방금 급식을 먹고 왔을 텐데도 며칠 굶은 사람처럼 입에 닭강정을 쑤셔 넣었다.

"진짜 맛있다. 여기 닭강정은 예술이야."

현석이는 닭강정을 삼키지도 않은 채 감탄을 늘어놓았다.

"혹시 오늘 강산이 체육복 가져간 것도 너냐?"

"응? 그렇네. 그것도 강산이 거구나. 쓰자마자 갖다 놓으려고 했는데 깜박했어."

현석이는 손에 든 종이 가방을 뒤져 새 교과서를 하나 꺼냈다. 현석이가 망가뜨렸던 수학 교과서였다.

"우선 이거부터 줄게. 체육복도 가져왔는데, 하니 거라면 그냥 주겠는데 강산이랑은 아직 예의 차려야 하는 사이니까 체육복은 깨끗이 빨아서 돌려줄게."

"내 것 빌려 가도 좀 빨아서 돌려줘."

현석이는 허허 웃음을 흘리며 다시 닭강정으로 시선을 돌렸다. 하니 체육복은 빨아서 돌려줄 생각이 전혀 없는 것이다.

"그런데 포스트잇도 안 붙어 있었는데 내가 가져간 줄은 어떻게 알았어?"

"여기 명탐정님이 알아내셨지."

하니는 강산이 어깨에 손을 올렸다. 표정은 마치 자기가 추리한 것처럼 뿌듯했다.

"얼마나 대단했는지 알아? 너도 봤어야 하는데. 만화에 나오는 명탐정처럼 추리가 줄줄 나오더라니까. 네가 범인이라는 것까지

순식간에 알아냈다고."

"우와. 드디어 우리 동아리에 제대로 된 탐정이 생겼어."

"지금까지는 어땠는데?"

"몰라서 물어? 지금까지는 셜록은 없고 왓슨만 두 명 있는 탐정부였지. 계속 몸으로만 때우고. 열심히 뛰어다니는 거에 비해서 해결되는 것도 없었잖아. 근데 이제 드디어 머릴 쓰는 부원이 들어왔다고."

현석이는 진심으로 기뻐 보였다. 이 학교에서 오래 버틸 생각이 없는 강산이는 마음이 조금 불편했다.

| 프로파일러 페이지 |

≫ 나도 이제 프로파일러!

어느 날 한 아이는 충동적으로 중간고사 시험지를 훔칩니다.

그리고 연우에게 그 사실을 들키고 말지요.

연우는 시험지 도둑을 쫓아 달려 나갔지만

도둑은 순식간에 사라져 버렸습니다.

대체 어떻게 사라졌을까요?

≫ 논리를 키우는 추리

| 단서 1 | 사건이 일어난 시기 다시 보기

| 단서 2 | 등장인물 대화에서 어색한 부분 찾기

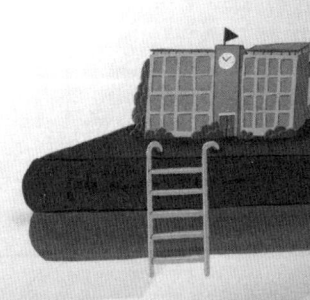

1
참을 수 없는 시험지의 유혹

　윤리 선생님 몸에서는 언제나 달콤한 버터쿠키 향기가 났다. 그 향기를 맡은 학생들은 홀린 듯 다가가 예닐곱 살 어린아이처럼 두 손을 공손히 내밀게 된다.
　'과자 주세요.'
　다 큰 중학생들이 과자를 조르면 선생님은 귀여운 꼬맹이들을 보듯 흐뭇하게 웃으시고는 그 손 위에 작은 과자 봉지를 하나씩 올려 주셨다.
　향긋한 마들렌, 부드러운 에끌레어, 묵직한 브라우니 등……. 선생님은 이 주변에서는 쉽게 사 먹을 수 없는 간식들을 직접 만들어서 학교에 가져오시고는 했다. 언제나 배고픈 청소년기 학생들은 어떻게 해서든 선생님 눈에 들려고 노력했다.

　과자를 잔뜩 받을 수 있는 가장 쉬운 방법은 역시 심부름이었다. 나이가 지긋하신 윤리 선생님은 컴퓨터 작업이 서툴렀기 때문에 복도를 지나는 학생을 불러 세워 도움을 청하고는 하셨다. 당연히 학생들은 웬만큼 바쁘지 않은 이상 선생님 부탁을 거절하지 않았다.

　오늘도 윤리 선생님은 도움을 청하려고 복도에 나와 두리번거리셨다. 그 모습을 본 학생들이 선생님을 향해 빠르게 모여들었다.
　"뭐 필요하신 거 있으세요? 제가 도와드려도 될까요?"
　그중 가장 빠르게 선생님 앞에 도착한 아이가 공손하게 물었다. 뒤늦은 아이들이 탄식하는 소리가 들렸다.
　"아, 고맙다. 이리 와서 이것 좀 도와주겠니?"
　선생님은 교무실 안으로 아이를 이끌었다. 이번 일은 종이로 된 수업 자료를 컴퓨터로 옮기는 간단한 것이었다. 일을 마치면 언제나처럼 간식을 한가득 안겨 주실 것이다.

　아이는 손을 열심히 움직여 자료를 입력했다. 필요한 프로그램을 찾으려고 바탕화면 아이콘들을 살피던 아이 눈에 무언가가 들어왔다. 구석에 있는 한글 파일이었다. '20XX년 1학기 중간고사'라는 이름이었다. 아이는 홀린 듯 파일에 마우스를 올렸다.

중간고사까지는 아직 한 달 좀 넘게 남아 있었다. 아직 시험 범위도 듣지 못했고, 당연히 시험공부도 시작하지 않았다. 어떤 문제가 나올지 조금이라도 알 수 있다면 공부하는 시간을 줄일 수 있을 텐데. 아이는 파일을 열고 싶은 충동을 참지 못했다. 아직 망설이고 있는 마음과는 달리 손은 어느새 마우스를 눌러 파일을 실행시키고 있었다.

누르면서도 당연히 파일이 열리지 않겠지 하고 생각했다. 하지만 예상과 다르게 화면 한가득 시험지가 떴다. 아이는 깜짝 놀라 파일을 닫고 주위를 둘러보았다. 아무도 아이 쪽을 보고 있지 않았다. 아이는 다시 자료 입력 화면으로 돌아온 모니터를 보고 작게 한숨을 내쉬었다.

비밀번호 걸어 두는 것을 깜박하셨나 봐. 아니면 시험지를 여기 두고 잊어버리셨나. 애초에 이번 중간고사 시험지가 아닌가.

생각을 이어 나가던 아이는 곧 이 시험지 파일에 대해 선생님께 말씀드릴지 아니면 몰래 혼자 볼지 고민에 빠졌다. 손으로는 자료를 입력하면서도 머리는 온통 시험지 생각뿐이었다.

잠시 고민하다가 빠르게 결론 내렸다. 우선 클라우드에 올려놓자. 그리고 그것을 볼지 말지는 나중에 결정해도 된다. 아이는 주위를 살폈다. 윤리 선생님 책상은 교무실 구석이라서 다른 선생님들에게는 이 컴퓨터 화면이 잘 보이지 않는다. 다른 사람들 시선이 자신에게 닿지 않는다는 것을 확인하고는 태연하게 클라우드에 접속하여 로그인했다. 자료를 입력할 때는 말을 잘 듣던 손이 시험지를 훔치려고 하자 바들바들 떨렸다. 이상하게 보이지 않도록 손에 힘을 주고 떨림을 멈추려고 애썼다. 마우스를 잡지 않은 손의 엄지손톱을 깨물었다.

버튼을 몇 번 누르는 것만으로 시험지가 클라우드에 복사되었다. 태연한 표정을 가장하며 다시 자료를 입력하기 시작했다. 긴장했는지 어깨뼈 부근이 뻐근했다. 교복 안에 받쳐 입은 티셔츠가 땀으로 흠뻑 젖은 것이 느껴졌다.

"아이고, 땀 좀 봐. 고생이 많구나. 많이 남았니?"

그사이 자리를 비웠던 선생님이 돌아와 물으셨다. 손에는 아이에게 줄 간식이 가득 들려 있었다. 그것을 보니 다시 양심이 따끔거렸다. 그래, 아직 보지는 않았으니까. 정 못 견디겠으면 나중에 지우면 된다. 이렇게 생각하며 마음을 다잡았다. 지금 이상한 티를 내서는 안 된다.

"아니요. 이것만 하면 끝나요."

"고맙다. 고마워. 이거 좋아하니?"

선생님은 아이에게 간식이 가득 든 작은 종이 가방을 건넸다. 과

자가 마음처럼 묵직했다.

"감사합니다. 잘 먹겠습니다."

떨리는 두 손으로 종이 가방을 받아 자연스럽게 감사 인사를 했다. 표정과는 다르게 심장은 여전히 쿵쿵 거세게 뛰고 있었다.

아이는 고민을 거듭했다. 몇 번이나 클라우드에 올린 파일을 지우려다 하지 못하고 손을 내려놓았다. 그렇게 얼마간 시간이 지나자 죄책감은 어느새 흐려졌다.

고민은 그리 길지 않았다. 시험지를 보기로 결심하기까지는 겨우 3일 정도가 걸렸다. 그 뒤에는 보는 방법이 문제였다. 훔친 시험지를 가족이 함께 사용하는 컴퓨터에서 볼 수는 없었다. 집에는 프린터가 없어 인쇄할 수도 없었다. 화면이 작은 핸드폰으로 이리저리 문제를 확대하며 보다가 핸드폰을 내동댕이쳤다. 이대로는 안 된다.

잠시 고민하던 아이는 학교 프린터를 이용하기로 했다. 며칠 전 교무실에서 클라우드에 파일을 올릴 때보다는 약간 더 대담해진 상태였다. 수업 시간을 제외하고 자유롭게 개방되는 컴퓨터실에는 프린터도 있었다. 학교 컴퓨터실은 꽤 시설이 잘되어 있지만 사용하는 학생은 그리 많지 않았다. 아무리 사람이 적어도 만에 하나라도 들킬 가능성이 있으면 안 된다. 미리 머릿속으로 계속해서 동선을 살폈다.

다음 날 틈날 때마다 컴퓨터실 주위를 기웃거리며 사람이 가장 적을 때를 기다렸다. 기회는 금방 찾아왔다. 마침 컴퓨터실에 사람이 아무도 없었다. 재빨리 들어가 프린터 바로 옆 컴퓨터를 차지했다. 주위를 살피며 시험지 파일을 내려받고 인쇄 버튼을 눌렀다. 프린터 예열되는 소리가 컴퓨터실 가득 울렸다. 인쇄가 제대로 되는 것을 확인한 후 차분하게 클라우드를 로그아웃하고 파일을 지웠다. 휴지통을 비우는 것도 잊지 않았다.

미리 챙겨 놓은 파일에 시험지를 끼워 넣고는 메고 온 에코백 안에 깊숙이 집어넣었다. 시험지를 가방에 넣자 마음이 한결 여유로웠다. 자신이 사용한 컴퓨터를 정리하고 최대한 자연스럽게 복도로 나왔다.

평소처럼 행동하자고 몇 번이나 다짐했지만 다리는 어느샌가 복도를 달리고 있었다. 불안한 마음이 다리를 채찍질하는 듯했다. 얼른 돌아가고 싶은 마음뿐이었다.

중앙 계단쯤 왔을 때 갑자기 앞에 뭐가 나타났다. 빠르게 달리고 있었기 때문에 멈추지 못하고 그대로 부딪혔다.

"악!"

아이는 그대로 뒤로 넘어가 엉덩방아를 찧었다. 상대도 그대로 벽까지 밀려나 부딪힌 것이 보였다.

"뭐야? 너."

상대는 몸도 가누지 못하고 소리를 질러 댔다. 익숙한 목소리였다. 겨우 고개를 들어 앞을 보자 같은 반인 연우가 보였다. 아이는 연우가 자기를 알아볼까 봐 황급히 머리를 숙였다. 긴 머리가 얼굴을 커튼처럼 가려 주었다.

"누가 복도에서 이렇게 뛰어다녀? 멧돼지야?"

얼른 도망가야 하는데 어디를 잘못 부딪쳤는지 좀처럼 일어날 수가 없었다. 가방에서 물건이 흘러나와 복도에 흩어져 있는 것이 보였다. 쏟아진 물건 중에는 방금 뽑아낸 시험지도 있을 것이다. 들키면 큰일이었다. 아이는 몸을 억지로 일으켜 종이를 주워 모았다.

"미안. 미안해."

아이는 연우가 자기를 내버려 두고 자리를 뜨길 바랐다. 그 바람과는 반대로 연우는 같이 물건을 줍기 시작했다.

"아니. 안 도와줘도 돼."

아이는 다급하게 연우를 말리고는 종이부터 잡아채 가방에 쑤셔 넣었다.

"잠깐 너 그거 뭐야?"

부자연스럽게 종이를 챙기는 모습에 연우 시선이 종이로 쏠렸다. 눈이 좋은 연우는 그것이 무엇인지 금방 알아채고는 방금 쑤셔 넣은 종이를 빼앗으려고 가방 속으로 손을 뻗었다. 연우는 빼앗으려 하고 그 아이는 막으려고 하는 통에 종이가 엉망으로 구겨졌다.

아이는 필사적으로 버텼지만 연우 힘이 훨씬 셌다. 결국 종이는 연우 손으로 들어갔다.

"야! 네가 왜 이걸 가지고 있어?"

연우는 종이를 들고 외쳤다. 아이는 종이를 되찾는 것을 포기하고 일어나 달아났다.

강산이는 진로 가정통신문을 뚫어지게 바라보았다. 심각한 표정으로 종이를 노려보았지만 그런다고 해서 쓸 내용이 생각날 리 없었다. 괜히 빈칸 위로 샤프를 올렸다가 내리길 반복했다.

"아직도 못 정했어?"

하니가 말했다. 하니는 어제 가정통신문을 받자마자 칸을 채웠다. '수사경찰'이 하니 꿈이었다.

"원래는 셜록 같은 탐정이라고 적고 싶었는데 말이지. 우리나라에는 소설에 나오는 것 같은 탐정이 없잖아. 추리하고 범인을 잡는 일은 경찰이 하니까, 나는 경찰이 되고 싶어."

하니와 달리 강산이는 지금까지 살아오면서 미래를 고민해 본 적이 없었다. 어릴 때는 병원에서, 그 후에는 학교에서 하루하루 견디느라 생각할 틈이 없었다.

"왜 회사원이라고 쓰면 안 되지?"

강산이는 솔직히 '돈 많은 백수'라고 적고 싶었다. 하지만 그렇게 적었다가는 혼날 것이 뻔하니 '회사원'이라고 적어서 제출했다. 그런데 그것마저 퇴짜를 맞았다. 깐깐한 담임 선생님은 좀 더 구체적으로 적어 오라며 가정통신문을 돌려보냈다. 홍보 회사에서 일하고 싶으면 마케터, 출판사에서 일하고 싶으면 작가 또는 편집자 등 이런 식으로 적으라고 했다.

"너도 경찰 어때? 너 정도의 추리력이면 진짜 잘할 수 있을 것 같은데."

하니가 추천했지만 강산이는 고개를 저었다.

"난 몸 움직이는 건 잘 못 해."

경찰이 되려면 몸을 쓰는 것은 기본이다. 턱걸이나 달리기 등 체육 활동 시험도 봐야 한다. 강산이는 다른 사람과 경쟁해서 이길 자신이 없었다.

"몸을 안 쓰는 걸로 하면 되지. 프로파일러라는 직업도 있대."

"프로파일러?"

"응. 티비에 보면 많이 나오잖아. '이런 것으로 보아 범인은 이러이러한 사람입니다'고 말해 주는 사람이야. 너한테 잘 어울리지 않아?"

강산이는 그런 직업이 있다고 들었지만 정확히 무엇을 하는 사람인지는 몰랐다. 강산이는 핸드폰 화면을 켜 멍하니 쳐다보다 검색창을 눌렀다. '프로파일러'를 치자 티비에서 자주 본 사람의 얼굴이 떴다. 우리나라에서 유명한 프로파일러다.

'범죄 현장에 남겨진 증거나 범행 패턴을 심리학적, 통계학적으로 분석하여 범죄자 성격이나 행동 방식 등을 유추하는 직업입니다.'

유명한 프로파일러가 한 인터뷰를 보면서 자기도 모르게 중얼거렸다.

"멋있다."

"그치?"

영상에서 자기 직업을 설명하는 모습이 너무 멋져 보였다. 표정이나 눈빛에서 자기 직업에 대한 자부심이 느껴졌다. 그 모습을 보며 강산이는 조금 주눅이 들었다.

"근데, 내가 이걸 할 수 있을까?"

"그럼. 내가 봤을 때 넌 진짜 될 수 있어."

하니가 너무 당연하다는 듯 말했다. 강산이는 홀린 듯 가정통신문에 '프로파일러'라는 다섯 글자를 적었다. 그 글자에서 한참 동안 눈을 뗄 수가 없었다.

점심시간이 절반쯤 지날 무렵 방송에서 잔잔한 음악이 나오기 시작했다. 방송반이 점심시간마다 하는 방송이 시작된 것이다.
"그러고 보니 오늘 연우가 첫 방송 한다고 하지 않았나?"
"그랬던가?"
연우는 처음 만났을 때 말했던 대로 방송부에 들어갔다. 방송이 좋아서가 아니라 자기가 좋아하는 아이돌 노래를 마음껏 틀기 위해서였다. 방송부는 인기가 많은 동아리였기 때문에 많은 아이가 신청서를 냈다고 한다. 그중 겨우 2명을 뽑았는데 연우가 뽑혔다.
연우는 요새 방송부에 같이 합격한 서영이라는 여자아이와 붙어 다녔다. 둘은 3월 내내 방송 일을 배운다고 바쁘더니 오늘은 아침부터 드디어 첫 방송을 한다고 들떠 있었다. 아침 내내 기분이 방방 떠 있던 연우는 "오늘 기대해." 하면서 의미심장한 웃음을 짓고는 사라졌다.
조용한 피아노 소리가 점점 작아지더니 서영이 목소리가 나왔다.

73

"오늘 전기 공사 관련으로 오후 수업이 취소되었습니다." ♪♬

"엥?"

당연히 무난한 인사말이 나올 것으로 생각했는데, 실제로는 이상한 안내 방송이 흘러나왔다.

순식간에 교실은 함성으로 가득 찼다. 방송 뒷부분이 들리지 않을 정도였다. 성질 급한 아이들은 벌써 가방을 싸서 집에 갈 준비를 마쳤다. 그 뒤에 방송이 이어 나왔다.

"…… 이런 방송이 나온다면 얼마나 좋을까요. 오늘은 만우절이지요." ♪♬

그럼 그렇지. 아무 예고도 없이 갑자기 오전 수업으로 바뀔 리가 없다. 그리고 그런 중요한 방송을 학생들한테 시킬 리도 없다.

방송을 듣고 아이들 반응은 두 가지로 나뉘었다. 첫 번째는 투덜거리며 가방을 다시 내려놓는 아이들이었고, 두 번째는 방송 뒷부분을 못 들은 척 교실을 뛰쳐나가는 아이들이었다. 처음에는 뛰쳐나가는 아이들이 한두 명이었으나 그 수가 점점 늘어났다.

교실은 순식간에 절반이 비었다. 창밖으로 학교를 빠져나가는 학생들 모습이 보였다.

"연우, 어떡해?"

분명 방금 그 대본을 쓴 사람은 연우일 것이다. 아침에 기대하라고 하더니 이런 짓을 벌일 줄이야. 하니는 자기 동생이 벌인 일인데도 별 관심이 없어 보였다. 유난히 동생에게는 무심했다.

"엄청나게 혼나겠지. 뭐, 자업자득 아니냐?"

한참 뒤 교감 선생님 목소리로 다시 안내 방송을 했다. 화가 잔뜩 난 목소리였다.

"오늘은 교실 정리를 하고 집에 돌아가도 좋습니다. 오늘 못 한 수업은 다른 날에 보충하도록 하겠습니다."

이미 도망간 아이들을 잡아 오기 힘들어서 내린 어쩔 수 없는 결정이었을 것이다.

시골 버스는 자주 오지 않는다. 학교가 빨리 끝난다고 해서 빨리 집에 갈 수 있는 것은 아니라는 의미다. 탐정부 아이들은 시간이 비면 언제나 탐정부실로 향했다. 텃밭에 물도 주고 잡초도 뽑고, 그러고도 시간이 남으면 사건 수첩을 보며 잡담하기도 했다.

탐정부실은 서쪽 문에서 가장 가까웠지만, 신발을 갈아 신으려면 중앙 현관으로 나와야 했다. 중앙 현관에서 운동장을 따라 학교 건물을 쭉 돌면 서쪽 문이 나온다. 거기에서 조금 더 들어가면 탐정부실로 쓰는 낡은 간이 건물이 나온다. 그 길은 탐정부원 외에는 잘 가지 않는 길이었다. 주위에 사람이 줄어들자 현석이가 소곤소곤 말을 꺼냈다.

"너희 그거 아냐?"

"그게 뭔데?"

"얼마 전에 우리 학교에 경찰 왔었다."

경찰이라는 말에 하니 눈이 커다래졌다.

"경찰? 왜? 사건이야?"

현석은 다시 주위를 살폈다.

"내가 좀 알아보았는데. 이번 중간고사랑 관련된 것 같아. 비밀이야. 어디 가서 말하면 안 됨!"

현석은 두 사람에게 다짐을 받고 다시 말을 이었다.

"이번 중간고사 시험지가 유출되었다는 신고가 들어왔대. 그래서 경찰이 왔다나 봐."

"진짜 유출되었던 거야? 아니면 장난 전화?"

"그건 나도 모르지. 신고 전화를 한 곳이 인적이 드문 공중전화인 데다 시험지를 잘 관리하고 있어서 장난 전화로 마무리되었지만……."

현석이는 뭔가 석연치 않은지 말을 멈추고는 미간에 주름을 만

들었다. 말이 빈 사이에 하니가 끼어들었다.

"근데 그냥 장난 전화라기에는 좀 이상하지 않아? 그런 장난 전화를 해서 뭐 해?"

"내 생각도 그래. 그런 장난을 칠 이유가 있나? 혹시 진짜 시험지가 유출된 거 아니야?"

현석이와 하니는 심각한 표정으로 이야기를 나누었다. 중간고사가 2주밖에 남지 않은 지금, 학생들은 시험에 예민하게 반응할 수밖에 없었다. 시험 문제를 미리 알고 있는 사람이 있다면 아무리 열심히 공부한다고 해도 따라잡을 수 없을 것이다.

"시험을 방해하고 싶었던 걸지도 모르지."

강산이가 대수롭지 않게 이야기했다.

"방해라니?"

"신고가 장난이었던 것처럼 별일 없이 마무리되었지만, 학교에서 이 신고를 심각하게 생각하고 대응했다고 생각해 봐. 학교 선생님들이 어떻게 하셨을 것 같아?"

"시험 문제를 새로 만들어야 했겠지. 유출된 시험지로 시험을 볼 수는 없을 테니까."

"그치? 그럼, 문제를 새로 만들 시간이 필요하니까 어쩔 수 없이 시험이 뒤로 밀릴 수밖에 없을 거야. 시험공부를 충분히 하지 않은 학생이라면 환영할 만한 결과지."

현석이는 강산이의 말에도 뭔가 표정이 석연치 않았다.

"그런데 시험을 미루려고 한 것치고는 신고 전화가 엄청 구체적이었대. 유출된 시험지를 학년 하고 과목까지 콕 찍어서 신고했다나 봐. 시험을 미루고 싶었다면 모든 시험지를 다시 만들도록 신고했겠지. 이렇게 학년, 과목을 콕 찍어서 신고하지는 않았을 것 같다고."

"넌 이런 정보를 어디서 어떻게 알아낸 거야?"

"다 아는 방법이 있…… 끄악!"

현석이가 말을 하다 말고 비명을 질렀다. 좀처럼 열리지 않는 서쪽 문이 벌컥 열리며 사람이 튀어나왔기 때문이었다. 현석이가 지른 비명에 튀어나온 사람도 놀라서 위로 폴짝 뛰었다.

"여, 여기서 뭐 해?"

튀어나온 사람은 연우였다. 연우는 눈이 동그래져서는 물었다.

"부실 가려고. 너는?"

하니 대답에 연우는 다급하게 좌우를 살피더니 다시 물었다.

"여기로 누구 안 왔어?"

"누구?"

"누구든!"

"아무도 못 봤는데. 우리들 아니면 누가 여기로 오겠어."

"이, 이, 이상하다."

연우가 두리번거리며 어쩔 줄 몰라 했다. 잠시 후 서영이가 선생님 여러 명과 함께 도착했다. 서영이는 문을 열자마자 날카롭게 소리를 질렀다.

2
시험지 도둑은 어디로 사라졌나?

"여기로 도망갔어요!"

그 옆에 있던 교감 선생님이 숨을 몰아쉬며 손에 든 종이를 위협적으로 휘둘렀다. 종이를 휘두를 때마다 공기를 가르는 소리가 났다.

"저놈들이야? 시험지 훔친 놈이?"

교감 선생님이 세 사람을 날카롭게 노려보았다. 금방이라도 뒷덜미를 잡아챌 기세였다. 연우가 재빨리 교감 선생님 팔을 잡고 늘어졌다.

"아, 아니요. 그 애는 여학생이었어요."

"그럼, 걔는 어디 있는데?"

"어, 어, 분명 여기로 왔는데. 어, 어디에 있을까요."

탐정부 아이들은 지금 어떤 상황인지 알 수가 없었다. 시험지를 훔치다니 대체 무슨 말인가. 하니가 연우를 툭툭 치고 속삭였다.

"무슨 일이야?"

"시험지를 훔친 애를 쫓고 있었는데 감쪽같이 사라졌어."

"시험지?"

"응. 지금 교감 선생님이 들고 계신 거. 복도에서 저걸 떨어뜨린 사람을 발견해서 쫓아왔는데, 범인이 없어졌어."

탐정부 아이들은 시선을 교환했다. 아까까지 이야기하고 있던 시험지 유출 사건은 진짜였다. 그럼, 그 신고 전화는 장난 전화가 아니라는 거다. 누가 어떻게 시험지가 유출된 것을 미리 알고 신고했을까?

"저희는 저쪽에서 걸어왔는데 아무도 못 봤어요. 누가 도망갔다면 저쪽으로 가지 않았을까요?"

하니가 가리킨 곳은 탐정부실이 있는 곳이었다. 선생님들과 아이들은 그쪽으로 우르르 몰려가 여기저기 뒤지기 시작했다. 하지만 그곳에 숨어 있는 사람은 없었다.

탐정부실은 막다른 길에 있어서 이쪽으로 도망쳤다면 다른 곳으로 갈 수도 없었다. 탐정부실과 본관 건물 사이에 낡은 창고가 있었지만 굳게 잠겨 있어 그곳에 숨기도 어렵다.

"이거 뭐 귀신같이 사라졌네."

"귀신이라고?"

연우 말이 끝나기가 무섭게 어디선가 작은 여자아이가 튀어나왔다. 연세중 교복을 입은 것을 보니 이 학교 학생인 것 같았다. 아이는 급하게 수첩을 꺼내더니 연우를 붙잡고 질문을 던졌다.

"무슨 일이 있었는지 말해 줄 수 있나요?"

"너희들 딴 데로 새지 말고 상담실로 따라와라."

탐정부 아이들이 선생님들을 따라 교무실로 가는 중에도 연우는 좀처럼 따라오지 못했다. 연우가 남겨진 복도에는 여자아이의 감탄 어린 목소리가 울렸다.

"모퉁이를 돌자마자 사라지는 여학생 귀신이라고요?"

시험지 도둑을 찾지 못한 관계로 애꿎게 현장에서 발견된 아이들만 상담실로 끌려갔다. 이상한 아이에게 붙잡혔던 연우는 한참 뒤에 도착했지만.

"완전 끈질겼어."

지친 모습으로 나타난 연우는 탁자에 엎드려 움직이지 않았다. 옆에 앉은 서영이가 안쓰러운 표정으로 연우 등을 쓸었다. 잠시 후 교감 선생님이 심각한 표정으로 들어왔다.

이제 시험이 2주 정도밖에 안 남았는데 시험지가 유출되었다. 교감 선생님은 어떻게 해서든 범인을 찾아야만 했다.

질문이 이어졌지만 같은 말만 반복될 뿐이었다.

"그러니까 이걸 가지고 있던 애가 서쪽 문으로 도망쳤다는 거지?"

"넵. 모퉁이를 도는 것까지 똑똑히 봤습니다."

"네. 저도 봤어요."

연우와 서영이는 확신에 차서 대답했다. 두 사람은 점심 방송에서 사고를 친 후 선생님들한테 잔뜩 혼이 났다. 그리고 방송반에서 교실로 돌아가다 시험지 도둑을 발견했다고 한다.

"그런데 나가 보니까 이 세 사람밖에 없었고?"

"넵!"

"밖에 있던 너희들은 도망가던 애를 못 봤고?"

"네. 아무도 못 봤어요."

하니가 대답했다. 나머지도 고개를 끄덕였다.

"언제부터 거기 있었는데?"

"서쪽 문 앞에 계속 있었던 건 아닌데, 그쪽을 보면서 가고 있었어요. 한 2~3분 정도?"

"3분? 그럼, 그 이전에 나간 건가? 너, 그 애가 도망가고 바로 쫓아간 거 맞아?"

교감 선생님은 연우를 보고 추궁하듯이 말했다.

"네. 바로 뒤쫓아 갔어요."

옆에서 흥미진진하게 구경하던 체육 선생님이 특유의 걸걸한 목소리로 말했다.

"연우 달리기 진짜 빨라요. 연우가 쫓았으면 진짜 금방 따라갔을 텐데 잘도 도망갔네요."

"그래?"

"네. 연우가 우리 학교 여학생 중에서 제일 빨라요. 아니, 남자아이들까지 합쳐도 한 손가락 안에 들 정도로 빠를걸요?"

교감 선생님은 다시 머리 아픈 표정을 지었다.

"그럼 그 3분 사이에 대체 어디로 도망친 거야?"

그때 하니가 번쩍 손을 들었다.

"교감 선생님! 저희 탐정부에 그 사건을 맡겨 주세요. 저희가 범인을 찾겠습니다."

교감 선생님은 어이없는 표정으로 하니를 바라보고는 손을 휘휘 저었다. 절대 안 된다는 표시였다. 거절을 예상하지 못했는지 하니가 울상을 지었다.

여기 잡혀 온 사람들은 범인을 숨겨 주었을 가능성이 있었다. 용

의자나 마찬가지라는 말이다. 세상에 어느 누가 용의자에게 수사를 맡기겠는가. 게다가 탐정부는 선생님들한테 신망을 잃은 상태다. 강산이는 한숨을 삼키며 하니 팔을 잡아당겨 의자에 다시 앉혔다.

의뢰를 받지 못했다고 해서 그만둘 하니가 아니었다. 교무실에서 풀려나자마자 하니는 버스를 타야 하는 서영이를 빼고 나머지 세 사람을 끌고 탐정부실로 이동했다. 하니는 공책을 펴고 아래쪽 칸에 '사라진 시험지 도둑 사건'이라고 적었다.

"자, 지금부터 사라진 시험지 도둑 사건 조사를 시작하겠습니다."

강산이가 가장 먼저 손을 들었다. 하니가 눈짓하자 강산이가 조용히 말했다.

"우리, 집에는 안 가?"

"버스 놓쳐서 또 한 시간 기다려야 해."

하니가 시간을 확인하며 한숨처럼 말을 흘렸다. 연우가 방송 사고를 친 것이 무색하게 결국 집에 가는 시간은 평소와 같았다.

"나 때문에 늦게 가게 되었지만 빨리 갈 기회가 생겼던 것도 내 덕분이니 너무 억울해 하지 마."

탁자에 턱을 괸 연우가 중얼거렸다. 표정이 지쳐 보였다.

"많이 혼났어?"

"방송 진짜 웃기더라."

강산이는 걱정했고 하니는 비웃었다. 연우는 탁자 아래로 하니 다리를 걷어찼다. 하니는 낄낄대다가 불시에 당한 공격에 다리를 붙잡고 앓는 소리를 냈다. 연우는 오빠에게 복수를 한 후에야 강산이 질문에 대답했다.

"엄청 깨졌지. 선배들도 대본 검토하고 괜찮다고 했으면서 사고 나니까 다 도망쳐 버렸다니까. 서영이랑 나만 혼났어."

"그건 관심 없고, 시험지 도둑 이야기나 해 봐."

연우가 하니를 향해 눈을 치켜떴다. 하니는 다른 사람들한테는 세심하고 다정한데 그 성격이 연우에게는 전혀 발휘되지 않는다.

"방송실에서 선생님들한테 엄청 혼나고 겨우 풀려났지. 그러다 집에 가려고 중앙 계단으로 1층에 내려왔는데, 내려오자마자 누가 뛰어와서 부딪친 거야."

"아이고야. 상대는 괜찮았어? 어디 뼈 부러진 거 아니야?"

"안 닥치면 말 안 한다."

연우가 위협하자 하니가 입을 다물었다.

"걔가 가지고 있던 에코백에서 물건들이 쏟아져 주워 주려고 했

는데, 걔가 막 뭘 숨기려고 하는 거야. 이상해서 꺼내 보았더니 이번 중간고사 시험지야. 들키자마자 도망가서 쫓아갔는데 놓쳤어."

"그러다가 우리를 마주친 거고?"

"응."

하니는 공책을 한 장 넘겨 쓱쓱 그림을 그렸다. ㄱ자를 좌우로 뒤집은 모형이었다. 그 모형의 왼쪽, 오른쪽, 중앙에 작은 네모를 덧대 그렸다.

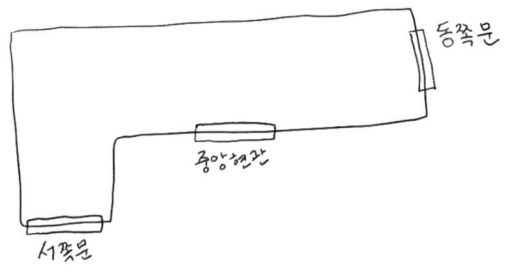

"우리 학교는 이렇게 생겼지. 여기가 방금 사건이 일어난 서쪽 문, 그리고 여기가 우리가 나온 중앙 현관, 여기는 동쪽 문. 중앙 현관이랑 동쪽 문은 아이들이 많이 사용하는 곳이야. 신발장이 있기도 하고 동쪽 문은 버스 정류장이랑 가깝고, 중앙 현관은 읍내랑 가까우니까. 그런데 서쪽 문은 거의 사용하는 사람이 없어. 여기로

나오면 우리 탐정부실밖에 없거든."

"그러니까 서쪽 문으로 도망쳤겠지."

연우가 대수롭지 않게 말했다. 연우 말대로 뭔가 켕기는 것이 있다면 당연히 최대한 사람이 없는 곳으로 갈 것이다.

"문제는 이거야. 우리는 중앙 현관에서 나와서 이쪽으로 왔어. 그리고 그때 연우는 여기에서 이쪽으로 범인을 쫓아왔지."

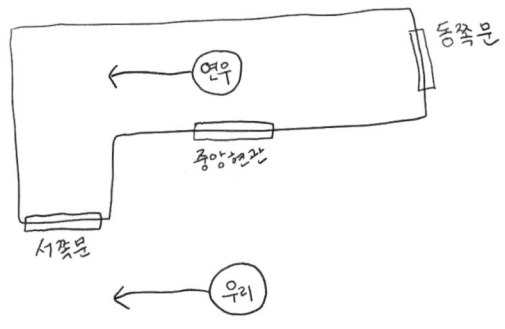

아까 그린 지도에 동그라미와 화살표가 추가되었다.

"그리고 범인은 사라졌어."

여기까지 설명한 하니가 진지한 얼굴로 말했다.

"그리고 난 어떻게 된 상황인지 알 것 같아."

"오!"

아이들의 감탄하는 눈빛이 하니를 향했다.

하니는 직접 보여 주겠다면서 중앙 현관 앞으로 아이들을 데려갔다.

"자, 너희들은 여기에서 출발해. 난 안쪽 복도에서 출발할게. 신호를 보내면 아까랑 비슷한 속도로 걸어와."

하니는 말을 남기고는 중앙 현관 안으로 사라졌다. 잠시 후 안쪽 복도에서 '출발'이라는 소리가 났다. 나머지 세 사람은 서쪽 문을 향해 걸었다.

잠시 후 서쪽 문에 도착했는데 하니는 보이지 않았다. 문 안쪽과 탐정부실 쪽을 살펴보아도 마찬가지였다.

"진짜 사라졌네?"

하니가 들어갔을 리 없는 서랍 안쪽과 짚 더미 속까지 샅샅이 뒤진 후에야 현석이가 항복 선언을 했다.

"못 찾겠다! 꾀꼬리!"

그 말을 기다리고 있었는지 하니가 고개를 빼꼼 내밀었다. 3미터가 넘어 보이는 담장 건너편이었다.

"어? 왜 거기 있어? 어떻게 간 거야?"

하니는 가볍게 다시 담을 넘더니 가까운 나무를 살짝 밟고 내려왔다.

"서쪽 문은 미닫이잖아. 옆에서 보면 열렸는지 안 열렸는지 잘 안 보이니까. 살짝만 열어서 빠져나왔어. 그리고 우리 탐정부실 쪽으로 도망쳐서, 이렇게……."

하니는 다시 나무를 밟고 뛰어오르더니 담장을 훌쩍 넘어 사라졌다가 다시 나타났다. 중력을 느끼지 못하는 사람처럼 가벼운 몸놀림이었다.

"이렇게 사라졌지."

"어, 어?"

담장 위에 걸터앉은 하니를 보고 강산이는 혼란스러워서 말을 꺼내지 못했다. 하니가 당연한 듯이 보여 준 것은 자신은 죽었다 깨어나도 못하는 것이었다.

그것을 어떻게 하느냐고 말하려다가 입을 다물었다. 강산이는 어렸을 때부터 몸이 약해서 운동도 또래보다 못하는 편이었다. 평범한 아이들은 모두 저 정도로 움직일 수 있을지도 몰랐다. 강산이 고민은 옆에 서 있던 현석이가 해결해 주었다.

"나, 우리 학교에서 그거 할 수 있는 사람 알아."

"누군데? 용의자를 좁힐 수 있겠어."

"하니, 너랑 연우."

하니는 이해가 안 된다는 표정을 짓고는 땅으로 내려왔다.

"아니, 이걸 못해?"

"그걸 누가 해. 다 네 기준으로 생각하지 마."

하니는 시무룩해졌다. 다음으로 현석이가 나섰다.

"어떻게 된 건지는 모르겠지만, 범인을 찾아서 물어보면 되지. 범인 얼굴은 못 봤어? 특징을 알면 용의자를 추려 낼 수 있어."

연우는 팔짱을 끼고 천장을 쳐다보았다. 기억을 떠올리려고 하는지 미간이 찌푸려져 있었다.

"얼굴은 못 봤어. 고개를 숙이고 있어서 머리카락이 얼굴을 가리고 있었거든."

"그럼 기억나는 거 아무거나 말해 봐. 키는 어느 정도였는지. 머리카락 길이는 어땠는지. 그리고 걸음걸이라든가 특이한 점은 없었는지."

"키는 나보다 작았나? 비슷했나? 잘 모르겠어. 정신이 없어서. 머리카락은 이 정도까지 내려왔나?"

연우는 자기 어깨 약간 아래쪽을 짚어 보였다.

"그리고 생머리였어. 또, 음. 달리 특별한 건 없었는데."

"그게 뭐야. 그 정도만 가지고 어떻게 범인을 찾아. 우리 학교에 생머리가 아닌 여학생이 몇 명이나 되냐?"

현석이가 조금 생각에 잠겼다가 말했다.

"그 조건에 맞는 사람은 한 스무 명쯤 있겠는데? 내일부터 알리바이라도 물어보고 다녀야 하나? 우리 나누어서 하면 금방 할 수 있어."

스무 명이면 물어보고 다니는 데만 한참이 걸린다. 지금까지 대화는커녕 인사도 못 해 본 아이한테 다가가서 '어제 뭐 했어?'라고 물어보다니 상상만 해도 끔찍했다.

강산이는 하니와 현석이를 돌아보았다. 두 사람은 자신처럼 다른 사람과 말하는 것을 힘들어 하지 않으니 이 계획은 자신에게만 문제가 있었다. 강산이는 오늘 내로 얼른 범인을 알아내어 탐문 수사 계획을 없애야 했다.

"저기……."

"오! 서강산 프로파일러님!"

강산이가 입을 떼자마자 옆에서 하니가 너스레를 떨었다.

"프로파일러?"

"응! 강산이 진로 사항에 프로파일러라고 적었어."

"오! 멋지다."

강산이는 부끄러워서 말을 더 잇지 못하고 얼굴이 빨개진 채 입을 다물었다. 옆에서 한참을 달랜 후에야 강산이는 다시 입을 열었다.

"범인은 1학년이 아닐까. 다른 학년은 1학년 시험지를 훔칠 이유가 없을 테니까."

"1학년 시험지였어?"

"응. 교감 선생님이 들고 계시던 거. 그게 훔친 시험지잖아. 위에 1학년 1학기라고 써 있었어."

"1학년으로 좁힌다면 한 여덟 명쯤만 조사하면 되겠어. 그래도 절반 이하로 줄어들었네."

탐문 수사 계획은 아직도 건재했다. 강산이는 어떻게든 오늘 내로 범인을 알아내리라고 다짐했다. 하지만 더 이상 떠오르는 것이 없었다. 몇 가지가 마음에 걸리기는 했지만, 그것이 무엇을 의미하는지 아직은 알 수가 없었다. 이때는 차라리 몸을 움직이는 것이 더 나았다.

"우리 서쪽 문 다시 가 볼래? 뭔가 발견할지도 모르잖아."

"역시 추리에 현장 조사가 빠질 수 없지."

하니는 곧바로 찬성했다. 아이들은 즉시 서쪽 문으로 향했다.

"CCTV는 따로 없어?"

"동쪽 문이랑 중앙 현관에는 있는데 서쪽 문은 없어. 아무래도 사람들이 잘 다니지 않으니까."

강산이는 서쪽 문으로 들어가 주위를 살폈다. 특별한 것은 아무것도 없었다. 모퉁이와 서쪽 문 사이에 특별실 하나만 있을 뿐이었다.

"여기는 뭐 하는 데야?"

"실습실. 작년에 조리 실습할 때 썼어. 그런 수업할 때나 동아리 활동할 때만 쓰고 평소에는 거의 잠겨 있어."

그때 연우가 큰 소리를 냈다. 이번에는 연우 차례인가 보다.

"아! 여기로 숨은 게 아닐까?"

연우는 실습실을 가리켰다.

"범인은 모퉁이를 돌고 나서 사라졌잖아. 문으로는 나가지 않았고. 그럼 갈 데는 여기밖에 없지. 모퉁이를 돌아 여기 실습실에 숨은 거야."

"문이 잠겨 있는데 어떻게?"

"이전 수업 시간이나 동아리 시간에 정리하면서 뒷문을 잠그지 않고 앞문만 잠근 거지. 여기는 잘 안 쓰는 교실이니까 아무도 눈치채지 못했을걸. 재빨리 뒷문으로 들어가서 안쪽에서 뒷문을 잠그면 감쪽같이 숨을 수 있어. 바깥에서 문을 누군가 확인해 보더라도 그때는 앞문과 뒷문이 다 잠긴 상태니까 여기에 숨었다고는 생각지 못할 거야."

연세중에 있는 모든 교실은 뒷문은 안쪽에서, 앞문은 바깥쪽에

서 잠근다. 그래서 교실 안에서 뒷문을 먼저 잠근 후 앞문으로 나와 앞문을 바깥에서 잠그는 식으로 문단속을 한다. 연우는 그 점을 이용해서 범인이 실습실에 숨었다고 설명했다.

"어떠냐? 이 천재적인 두뇌."

연우는 만화에 나오는 명탐정처럼 멋진 포즈를 취해 보였다. 자신의 추리가 어지간히 마음에 든 모양이었다. 강산이는 그 기분에 찬물을 끼얹고 싶지는 않았지만 그대로 두면 다음 생각을 떠올리기가 쉽지 않을 것이다.

"그러니까 도망칠 곳을 미리 준비해 놓았다는 거지? 그건 말이 안 돼."

"뭐가? 뭐가 말이 안 되는데?"

"그럼, 시험지를 들키고 도망치는 것부터 계획된 일이어야 하잖아. 범인은 너랑 부딪치는 바람에 들킨 거 아니었어?"

"어, 그러네."

범인은 미리 도망칠 곳을 준비할 시간이 없었다. 훔친 시험지를 들킨 것 자체가 범인 계획에는 없었던 일이었을 테니. 그래도 연우는 자신의 멋진 추리를 포기하고 싶지 않았는지 다시 생각을 조금 수정해서 말했다.

"계획한 게 아닐 수도 있어. 도망치다가 그냥 뒷문을 열어보았는데 열려 있어서 들어가 숨었을 수도 있지. 범인으로서는 운이 좋았던 셈이지."

"그것도 아닐걸."

두 번째 가설도 간단하게 부정을 당했다. 이번에는 현석이었다.

"매일 선생님들이 돌아다니면서 문단속이 제대로 되어 있는지 확인하시잖아. 방금도 문단속하시는 거 봤어."

현석이가 한 말에 강산이가 보충했다.

"게다가 여기 숨어 있다 도망쳤다면 지금 뒷문은 열린 채여야겠지. 하지만 이것 봐."

강산이는 뒷문 손잡이를 돌려 밀었다. 덜컹거리는 소리만 날 뿐 문은 열리지 않았다.

"네. 인정합니다. 내 생각이 완전 틀렸네."

연우는 주위를 두리번거리더니 무언가를 발견하고는 눈을 빛냈다.

"이제 알았습니다. 이건 정확할걸. 범인은 바로 여기로 나간 거야."

연우가 자신만만하게 가리킨 곳에는 커다란 창문이 있었다. 실습실 문과 마주 보는 벽에 있는 창문이었다.

"범인은 이쪽으로 와서 도망칠 곳이 없자, 이렇게 창문을 열고

뛰어넘어서 밖으로 도망친 거야. 창문은 안에서 쉽게 열 수 있으니 별다른 트릭도 필요 없지."

연우는 바로 시범을 보였다. 창문을 열고 창틀에 손을 짚어 창밖으로 한 번에 뛰어넘었다. 순식간에 창밖에 선 연우는 열린 창 너머로 세 사람을 마주 보고 자신만만하게 웃었다.

"이렇게 하면 금방 사라질 수 있지. 어때?"

"오! 그럴듯하다."

하니는 감탄했고, 나머지 두 사람은 고개를 저었다. 강산이는 현석이에게 속삭였다.

"저게 가능한 사람은?"

"음. 하니랑 연우?"

예상했던 답변이 돌아왔다. 강산이는 한숨을 내쉬었다.

"보통 평범한 학생이라면 허리 높이에 있는 창문을 그렇게 한 번에 뛰어넘지 못해."

"그럼, 보통은 어떻게 하는데? 오빠가 한번 보여 줘."

"으, 싫어. 안 해."

연우는 툴툴거리며 다시 넘어와 창문을 잠갔다.

"지금 네가 하는 말은 전제부터가 잘못되었어. 범인은 뒤에서는 네가 쫓아오고 서쪽 문 바깥에서는 우리가 있었기 때문에 실습실이나 창문으로 도망쳤다고 생각하는 거 같은데. 여기를 봐."

강산이는 서쪽 문을 가리켰다. 서쪽 문 유리에 햇빛이 일렁이고 있었다.

"서쪽 문은 불투명한 유리로 만들어져 있어서 안에서는 밖에 사람이 있는지 없는지 알 수가 없어. 오늘 너도 문을 열고 나와서야 우리가 있는 줄 알았잖아. 범인도 밖에 사람이 있는 줄 몰랐을 테니 서쪽 문으로 도망가는 게 가장 쉽고 편한 선택이었겠지."

"그럼, 대체 어떻게 된 건데?"

한참을 이야기해도 소득은 없었다. 어느새 버스 시간이 가까워졌다. 여기에서 버스 정류장까지는 한참 걸리니 이제는 출발해야 한다.

3
모퉁이 귀신과 시험지 사건의 전말

걸어가는 동안 아이들은 이런저런 사건 이야기를 더 나누었지만 강산이는 아무 말 없이 생각에 잠겨 있었다.

버스 정류장에 거의 다 도착했을 무렵 생각에 빠져 있던 강산이가 선언했다.

"이제 확실해졌네. 나는 알 것 같다."

"범인을?"

"아니. 아직 우리 반 애들 이름도 다 못 외웠는데 1학년 이름을 어떻게 알아."

"와! 너무한다. 한 달이면 좀 외워라. 너 내 이름은 아냐?"

하니가 투덜거렸다.

"내가 알아낸 건 모퉁이에서 범인이 사라진 것처럼 보인 이유야."

"우와, 진짜?"

"정말?"

버스 정류장은 이제 코앞이었다. 저 멀리 타야 하는 버스가 오는 것도 보였다.

다른 학생들은 이미 하교한 후라서 버스 정류장에 서 있는 사람은 그들뿐이었다. 강산이는 주위를 살펴보고 사람이 없는지 확인하고 나서야 입을 열었다.

"생각보다 간단한 사건이었어."

"나도 듣고 싶은데!"

다른 버스를 타야 하는 현석이가 울부짖었다.

"내가 잘 듣고 내일 말해 줄게."

"아니! 내일까지 못 기다려. 핸드폰으로 바로 생중계 해 줘."

현석이가 하니 팔을 잡고 아이처럼 떼썼다. 대답해 주지 않으면 팔을 놓지 않을 것 같았다.

"오케이. 알겠어. 내가 바로 생중계 해 줄게."

하니의 확답을 듣고 만족했는지 팔을 놓아주었다.

현석이는 버스에 오르는 세 사람에게 아련한 눈빛을 보내며 손

을 흔들었다.

세 사람은 버스 맨 뒷좌석에 나란히 앉았다. 버스 안 손님도 그들뿐이었다.

하니는 핸드폰을 쥐고 강산이 말이 시작되길 기다렸다.

"아직은 현석이한테 보내지 마."

"왜?"

강산이는 그 질문에 대답하지 않고 연우에게 시선을 돌렸다. 연우 어깨가 놀라서 들썩였다.

"현석이한테 아직 보내면 안 되는 거 맞지?"

"어? 어? 왜? 모르겠는데."

연우는 계속 시치미를 뗐다. 아직 제대로 이야기할 생각이 없는 듯 보였다. 강산이는 다시 기회를 주었다.

"연우, 너 우리한테 할 말 없어? 솔직하게."

연우는 잠깐 생각에 잠기는 척 팔짱을 끼더니 말했다.

"없는데."

천연덕스럽게 대답했다. 연우는 무언인가 떠올릴 때면 천장을 보는 버릇이 있다. 아까는 앞을 바라보았으니까 그냥 생각하는 척만 한 것이다.

연우가 말을 하지 않는다면 자신이 말할 수밖에 없었다.

"내가 뭘 말해야 하는데?"

"'거짓말해서 미안합니다.'라고 해야지."

"내, 내가 무, 무슨 거짓말을 해?"

"너 설마 시험지 도둑을 쫓아간 게 거짓말이었어?"

"아, 아니야!"

연우는 당황해서 손사래를 치며 부정했다. 그 모습에서 강산이는 새로운 사실을 발견했다.

"너 당황하면 말 더듬는구나. 그래! 그때도 당황해서 말을 더듬은 거였어."

연우와 만난 지 한 달이 되었지만 새롭게 안 사실이었다.

"내가 언제 말 더듬었다고 그래?"

"서쪽 문에서 우리랑 마주쳤을 때 엄청나게 더듬었지. 그렇지?"

강산이는 하니에게 동의를 구했다. 하니는 잘 기억이 나지 않는지 어깨만 으쓱했다.

"그때부터 좀 이상하다고 생각했어. 그때는 당황하면 말 더듬는 걸 몰랐으니까 그것 때문은 아니고, 네가 한 말이 이상해서."

"내가 이상한 말을 했다고?"

"잘 들어 봐. 경찰이랑 도둑이 있어."

"갑자기 뭔 이야기야?"

강산이는 뜬금없이 이야기를 시작했다. 중간에 하니가 끼어들었지만 하니 물음에는 대답하지 않고 말을 이어 나갔다.

"경찰이 도둑을 쫓아가고 있었는데 놓쳐 버렸어. 그런데 근처에 다른 사람이 있는 거야. 그럼, 경찰은 그 사람에게 뭐라고 말할까?"

"당연히 도둑 봤느냐, 어디로 도망갔느냐, 이런 걸 물어보겠지."

"그렇지?"

하니 대답을 들은 강산이가 연우를 의미심장하게 바라보았다.

"똑같이 범인을 쫓던 누군가는 범인을 놓치고 다른 사람을 보자 이렇게 말했어. '여기서 뭐 해?' 아니, 정확히는 이렇게 말했지. '여, 여기서 뭐 해?'"

강산이는 연우가 말을 더듬었던 것까지 흉내를 냈다.

하니 뒤에 숨어서 만용을 부리는 강산이를 보고 연우 표정이 샐쭉해졌다.

"생각해 보니까 이상하네. 꼭 범인을 찾을 생각이 없는 사람 같잖아."

하니가 연우를 향해 의심의 눈빛을 보냈다. 연우가 당황하며 말했다.

"그, 그건 만날 거라고 생각지도 못한 데서 만나서 그랬지. 그것만으로 내가 거짓말했다고 생각했어?"

"당연히 아니지. 우리가 서쪽 문에 가기 전에 말이야. '나 때문에 늦게 가게 되었지만, 어차피 빨리 갈 기회가 있었던 것도 내 덕분'이라고 했잖아. 세세한 부분은 다를지도 모르지만 이런 내용이었어."

강산이는 말을 잠시 쉬고 미소를 지었다. 이 상황이 너무 즐거웠다.

"그런데 뭐가 너 때문인데? 시험지를 훔친 사람을 발견했기 때문에? 아니면 그 사람을 쫓아갔기 때문에?"

연우는 말문이 막혔다.

"네가 거짓말한 것을 솔직히 고백하지 않았기 때문이니까 너 때문에 늦게 가게 되었다고 생각한 거지. 자기 잘못이라고 생각하고 있으니까 그런 말이 무의식적으로 나온 거고."

맞다. 그래서 두 사람의 귀가 시간이 늦어진 것이 자신 때문이라고 말한 것이다.

"그 외에도 네 이야기에서 이상한 건 더 있어. 애초에 범인이 달리기로 너를 따돌리고 도망을 친 것부터가 말이 안 되지. 대체 우리 학교 여학생 중 누가 네게서 달리기로 도망칠 수 있는데? 그리고 그때 1층이면 학생들이 하교하던 중이었잖아. 당연히 책가방도 같이 들고 있었겠지. 내가 범인이라면 절대 들키지 말아야 하는 훔

친 시험지를 에코백 같은 데 넣지 않았을 거야. 단단히 닫을 수 있는 책가방이 있는데 굳이 에코백에 시험지를 넣은 것도 말이 안 되는 부분이지."

연우는 더 이상 변명을 할 수 없어 고개만 푹 숙이고 있었다. 강산이 말은 계속 이어졌다.

"네 말이 이상하다는 것을 느끼고 보니까 확실히 보이더라. 네가 원하는 게 뭔지. 너는 시험지를 훔친 가상의 범인을 만들고 싶어 하는 것 같았어. 그리고 네가 한 거짓말 때문에 피해 보는 사람도 없길 바랐겠지. 그래서 현석이가 용의자를 추려 내려고 범인이 어떤지 질문했을 때 너는 어떻게든 누군가를 떠올리지 않게 대답하려고 노력했잖아. 뭐라고 했더라? 평범한 키에 평범한 체형, 긴 생머리, 특징 없음. 그렇지?"

연우는 아무 말도 못 했지만, 강산이는 그것으로 대답이 되었는지 살짝 웃고는 말을 이었다.

"실습실이나 창문으로 범인이 도망쳤다는 이야기를 한 것은 가상의 범인을 어떻게든 유지하려는 노력이었겠지."

조용히 듣고 있던 하니 표정이 심각해졌다. 오랜만에 보는 오빠 같은 표정이었다.

"진짜 네가 거짓말한 거야? 네가 시험지를 어떻게 가지고 있었는데?"

"이제 우리한테는 말해 줄 만하지 않나? 어떻게 할지는 말 들어 보고 생각해 볼게."

두 사람은 연우가 입을 열기만 고요히 기다렸다.

* * *

"야! 네가 왜 이걸 가지고 있어?"

연우는 종이를 들고 외쳤다. 손에 들린 종이에는 '20XX년 1학기 중간고사'라고 큼지막하게 제목이 적혀 있었다.

상대는 종이를 되찾는 것을 포기하고 일어나 달아났다. 하지만 연우에게서 도망칠 수는 없었다. 모퉁이를 돌기도 전에 간단히 잡을 수 있었다. 어깨를 잡아 몸을 돌리니 잘 아는 얼굴이 보였다.

"네가 왜 이걸 가지고 있냐고?"

연우는 그 아이 몸을 단단히 잡고 다시 추궁했다. 아이는 눈물을 뚝뚝 흘리다가 자백했다.

"내가 미쳤었나 봐. 내가 왜 그랬지?"

그 애는 어떻게 이 시험지를 가지게 되었는지 털어놓았다. 그 애가 한 고백을 듣고 연우는 고민에 빠졌다.

당연히 애가 잘못한 것은 맞다. 하지만 눈물을 뚝뚝 흘리며 잘못을 고백하는 모습을 보면 어쩔 수 없이 마음이 약해지고 만다. 이것이 알려지면 애는 학교에 다닐 수 없게 될 것이다.

여기에서 가장 가까운 다른 학교는 시외버스를 타고 한 시간을 가야 하는 곳에 있다. 마을에서 버스 터미널로 가는 시간까지 고려하면 더 많은 시간이 걸릴 것이다.

실수 한 번 한 대가로는 너무 가혹하다고 생각했다. 그런데 그렇다고 해서 입 다물고 넘어갈 수도 없었다. 이미 유출된 시험지로 시험을 보게 하는 것도 바람직하지 않은 일이니까.

연우는 그 상황에서 할 수 있는 최선의 선택을 했다. 시험지가 유출된 것은 학교에 알리되, 시험지를 훔친 범인은 알려지지 않도록 했다.

그것을 위해 제일 먼저 선택한 방법은 경찰에 신고하는 것이었다. '연세중 중간고사 시험지 일부가 유출되었습니다.'

이 방법은 경찰을 학교로 출동시키는 데까지 성공했다. 하지만 아무런 증거가 없었기 때문에 장난 전화로 취급된 듯했다. 출동한 경찰은 선생님들과 몇 마디 나누더니 다시 돌아가 버렸다.

며칠 기다렸지만 아무것도 바뀌는 것이 없어 보였다. 어쩔 수 없이 다른 방법을 생각해야 했다.

첫 번째 시도로 증거가 없으면 아무것도 해결되지 않는다는 것을 깨달은 연우는 훔친 시험지를 증거로 활용하기로 했다.

그들은 작은 연극을 준비했다. 며칠 전 1층에서 있었던 일 이후를 연기하기로 한 것이다. 단 범인이 잡히지 않는다는 결론으로 마무리해야 했다.

서영이는 시험지를 가지고 선생님들을 부른다. 그리고 연우는 범인을 쫓는 것처럼 서쪽 문으로 달려 나간다.

서쪽 문을 고른 이유는 사람이 별로 없는 곳인 데다가 CCTV도 없어 연극이 들통나지 않으리라고 생각했기 때문이다.

완벽한 계획을 세우고도 며칠 동안 실행에 옮기지 못했다. 연세중은 학생이 그리 많은 편은 아니지만 어떻게 된 일인지 서쪽 문에 사람이 없을 때가 좀처럼 드물었다. 연극을 시작할 적당한 순간을 찾지 못해서 또 며칠간 허무하게 시간만 보냈다.

그러던 중 좋은 기회가 찾아왔다. 연우 실수로 학교에 사람이 거의 남아 있지 않게 된 것이다. 학생들이 거의 빠져나간 학교는 연극을 시작할 완벽한 무대였다.

1층 복도와 서쪽 문 바깥쪽에 사람이 없는 것을 몇 번이나 확인한 후에야 계획한 대로 연기를 시작했다. 서영이는 선생님을 부르

고 연우는 서쪽 문으로 뛰어갔다.

정말 완벽한 계획이었는데, 서쪽 문을 여는 순간 망했다는 것을 알 수 있었다. 서쪽 문에서 만난 세 사람 때문에 상황은 이상하게 변해 버렸다.

모퉁이와 서쪽 문 사이에서 범인이 사라진 이상한 상황이 되어 버리다니.

* * *

이야기가 끝날 때까지 시험지를 훔친 범인이 누구인지는 절대 말해 주지 않았다. 하니가 아무리 달래고 졸라도 마찬가지였다.

버스는 이제 마을로 들어서고 있었다. 버스가 마을 입구를 지키는 두 장승 사이를 지나자 가방을 주섬주섬 메고 내릴 준비를 했다.

"그래. 이 정도로 고생했으니 걔도 또 시험지 훔칠 생각은 안 하겠지. 이름이 뭐였더라. 갑자기 생각이 안 나네."

강산이가 별생각 없이 툭 던진 말에 남매의 눈이 커졌다.

"범인이 누군지 알아?"

"어, 어? 어떻게?"

"연우 이야기에서 조금 이상한 부분이 있었거든. 연우가 그 이상한 연극을 준비할 때, 시험지를 훔친 애는 어디서 무엇을 하고 있었을까?"

"시험지를 훔친 걸 들키면 안 되니까 다른 곳에 있었겠지. 거기에 같이 있다가 범인으로 몰릴 수도 있잖아."

"나도 그렇게 생각했었는데 말이지. 하니, 네가 범인이라면 네 범죄를 입증할 수 있는 증거물을 남에게 넘기고 그 자리를 뜰 수 있겠어? 그걸 가지고 무슨 짓을 할 줄 알고. 말은 도와준다고 해 놓고 선생님들한테 가서 말할 수도 있잖아."

하니는 충격받은 표정을 지었다. 강산이는 그 표정이 진실을 깨달아서 나온 표정이라고 생각했다. 그러나 하니 입에서는 전혀 엉뚱한 말이 나왔다.

"사람은 서로를 믿으면서 살아야 하는 거야."

강산이는 질문할 사람을 잘못 골랐다는 것을 깨달았다. 하니였다면 상대를 믿고 바로 넘겨주었을 것이다. 애초에 시험지를 훔칠 생각도 안 했겠지. 강산이는 보통의 대답을 내놓았다.

"나라면 절대 못 줘. 차라리 태워 버리고 말지. 그걸 가지고 뭘 할 줄 알고?"

하니가 골똘히 생각하다가 질문했다.

"근데 범인은 진짜로 연우한테 시험지를 넘겼잖아."

"그건! 내가 믿음직해서겠지. 어린 시절부터 쌓아 온 믿음과 신뢰가 있으니까."

연우가 재빨리 끼어들었다. 믿음이나 신뢰나 그것이 그것 아닌가.

"그럴 리가."

하니가 회의적으로 대답했다. 강산이도 고개를 저었다. 연우도 의리 있고 좋은 아이이기는 하지만 결정적일 때 실수가 잦았다.

만우절 날 방송 사고나 시험지 도둑을 감싸려고 벌인 멍청한 연극에서도 알 수 있다. 배신은 하지 않지만, 중요한 일을 맡기기에는 믿음직하지 않다.

"범인은 연우에게 시험지를 넘기고 가지 않았어. 연우 곁에 계속 있었지. 연우는 서쪽 문으로 범인을 쫓아간 척하고, 범인은 선생님들을 불러온 거야. 애초에 아무 관련 없는 애한테 시험지 사건을 말하고 연극을 도와주라고 하기보다는 상황을 알고 있는 범인과 목격자가 연극을 함께 꾸몄다고 하는 게 더 자연스럽지."

"그럼 범인이…… 서영이야?"

"맞아. 이름이 서영이였지?"

연우는 버스에서 내려 집으로 가는 중에 입을 꾹 다물고 아무 말도 하지 않았다. 말을 하지 않으면 서영이가 범인이라고 들키지 않을 것처럼 말이다. 하지만 하니와 강산이는 이미 서영이를 범인으

111

로 생각하고 대화를 이어 가고 있었다.

"이제 어떡하냐. 얘네들은 중학교 입학한 지 얼마나 되었다고 이렇게 큰 사고를 쳐?"

"뭘 어떡하겠어. 입 다물고 얌전히 있어야지. 이제 와서 거짓말 했다고 학교에 솔직하게 말할 생각도 없잖아. 뭐 문제 유출된 거 학교에서도 알았으니 시험지를 다시 만들든지 하겠지."

"후! 너 다음에 사고 치기 전에 꼭 오빠들이랑 이야기 좀 해라. 혼자서 나대고 다니지 좀 말고."

"오늘 있었던 일은 아무한테도 말하면 안 돼. 엄마, 아빠한테도. 현석이 오빠한테도."

"현석이한테는 뭐라고 하냐?"

"안 돼! 현석이 오빠한테도 안 된다고!"

버스에서 내려 집으로 가면서 연우는 끈질기게 확답을 받아 냈다.

시험지 사건은 학교에서도 흐지부지 마무리되었다. 서영이가 훔친 시험지는 제목만 올해 연도일 뿐 문제는 모두 작년과 같았기 때문이다. 아마 작년 시험지를 수정해서 올해 시험지를 만들려고 제목만 수정해 놓은 파일을 서영이가 가져간 듯했다.

애초에 윤리 선생님이 아무리 컴퓨터에 서툴러도 그렇지 진짜

시험지를 그리 설렁설렁하게 내버려 두실 리가 없다.

　이후 이 사건은 점점 잊히는 것 같더니 '1층 모퉁이에서 사라지는 여학생 귀신'이라는 괴담으로 다시 퍼지기 시작했다. 물론 그 괴담이 들려올 때마다 당연히 하니는 연우를 놀려 먹었다.

3부
소년 탐정단과 밀실 사건

| 프로파일러 페이지 |

≫ 나도 이제 프로파일러!

연세중에는 축제 기간에만 열리는 창고가 있습니다.

어쩌다 보니 그 창고 문 열쇠는 하나밖에 남지 않았지요.

윤서는 축제 물품을 정리하느라 혼자 창고에 들어갔어요.

그런데 누군가 밖에서 창고 문을 잠가 버렸습니다.

열쇠는 윤서가 가지고 있는데 말이지요.

창고 문은 어떻게 잠겼을까요?

≫ 논리를 키우는 추리

| 단서 1 | 비슷한 상황에서 다른 반응을 보이는 인물 찾아보기

| 단서 2 | 주인공들 대화 살펴보기

| 단서 3 | 갑자기 나타난 물건 찾아보기

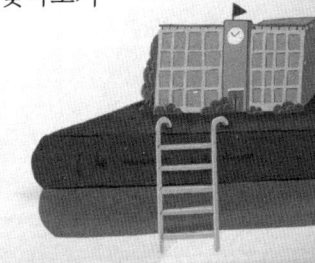

1
윤서는 어떻게 밀실에 갇혔나?

'진짜 큰일 났다.'

윤서는 하나밖에 없는 창문에 다시 얼굴을 대었다. 좁은 창문 사이로 아무리 눈을 굴려 보아도 보이는 사람은 아무도 없었다. 이제 조금만 더 있으면 해가 질 텐데. 꼼짝없이 여기 갇혀서 밤을 지새워야 할지도 몰랐다.

"거기 아무도 없어요?"

윤서는 작은 창문에 입을 대고 소리를 질렀다. 아까부터 하도 소리를 질러 대다 보니 목소리는 형편없이 갈라져 쇳소리가 났다.

윤서는 지금 학교 구석에 있는 창고에 갇혀 있었다. 무릎을 끌어안고 바닥에 앉아 엄마를 닮아 이국적으로 생긴 눈을 깜박였다. 창고에 갇힌 아이, 게다가 누가 봐도 혼혈처럼 보이는 약간 검은 피부와 깊은 눈. 이것만 들으면 따돌림을 당하나 하겠지만 전혀 아니다. 오히려 윤서는 친구들 사이에서 인기가 많은 편이다.

윤서는 어릴 때부터 감투 쓰는 것을 좋아했다. 작게는 선생님 도우미 역할부터 크게는 학생 회장까지 무리의 리더가 되는 기회를 놓치지 않았다. 작은 것도 놓치지 않는 꼼꼼한 성격 덕분에 또래에게 신뢰를 받아 '어.반.윤(어차피 반장은 윤서)'이라며 선거가 있을 때마다 많은 표를 받으며 당선되고는 했다.

중학교에서도 마찬가지였다. 윤서는 어렵지 않게 학급 임원으로 선발되었다. 그리고 자연스럽게 학생회 일을 맡게 되었다. 그 학생회 때문에 지금 여기 이 꼴이 되고 말았다. 윤서는 바닥에 주저앉아 생각을 정리했다. 지금까지 어떤 일이 있었는지, 어떻게 해야 이곳에서 나갈 수 있을지 말이다.

중학교는 초등학교와 많은 점에서 달랐다. 각 과목마다 다른 선생님이 들어왔고, 쉬는 시간에는 교실에 학생들만 있는 점도 달랐다. 전체적으로 학생 책임이 늘어났다. 그것은 학생회에서도 마찬가지였다. 일주일에 한 번 정도 전교 회의만 참여하던 초등학교 때와 다르게 중학교 학생회는 많은 일을 해야 했다. 그중에서 가장 중요한 일은 봄에 있는 벚꽃 축제와 가을에 있는 대운동회였다. 처

음으로 맡게 된 학생 주도 축제에 윤서는 약간 들떠 있었다. 벚꽃 축제는 그 이름과 전혀 상관없이 벚꽃이 다 지고 초록 잎사귀가 주렁주렁 달린 5월에 열린다. 학생회 선배들은 긴장한 것처럼 보였지만 윤서는 전혀 걱정하지 않았다. 언제나처럼 자신은 잘 해낼 것이라고 생각했다.

작년, 본격적으로 축제 준비를 시작했을 때 회장 선배가 조용히 윤서를 불렀다. 표정이 심각하길래 긴장하며 말을 기다렸는데 의외로 용건은 간단했다. 학생회 2학년 선배와 축제 일을 함께해 주었으면 좋겠다고 했다. 별로 어렵지 않은 일이었음에도 이 말을 하면서 회장 선배는 굉장히 미안해했다.

왜 그런 표정이었는지는 얼마 지나지 않아 알 수 있었다. 윤서와 짝이 된 2학년 선배는 조심성이 없고 산만한 사람이었다. 무엇이든 열심히 하려고 하는데 너무 서두르다가 일을 망치기 일쑤였다. 그리고 그 뒤처리를 해야 하는 사람이 윤서였다. 차라리 혼자 일하는 것이 더 빨랐지만 1학년이 2학년에게 그렇게 말할 수는 없었다.

윤서와 2학년이 붙어 다닌 지 얼마 되지 않았을 때, 그 2학년 선배가 아주 큰 사고를 쳤다. 축제 용품이 모두 모여 있는 창고 열쇠를 잃어버린 것이다. 두 사람은 교실과 운동장, 복도와 특별실, 선배가 갈 만한 장소를 온종일 뒤졌다. 노을이 질 때까지 학교를 뒤졌지만 어디에서도 창고 열쇠는 나오지 않았다.

어쩔 수 없이 담당 선생님께 말씀드리고 자물쇠를 교체할 수밖에 없었다. 커다란 공구로 창고 자물쇠를 잘라 내고 새로 구매한 자물쇠를 달았다.

자물쇠와 함께 온 열쇠는 두 개였다. 하나는 교무실에 맡겼고, 나머지 하나는 윤서가 가지고 다녔다. 회장 선배는 윤서 어깨를 붙잡고는 '그 2학년에게 열쇠를 절대 주지 말라'고 신신당부했다.

윤서는 그 당부를 아주 잘 지켰다. 딱 한 번만 빼고 말이다. 창고 바로 앞이라 방심한 것이 잘못이었다. 설마 윤서에게 열쇠를 받아 자물쇠를 여는 그 짧은 순간에 열쇠가 사라질 수 있으리라고는 생각지도 못했다. 윤서에게 열쇠를 받은 선배는 평소처럼 산만한 몸짓으로 자물쇠에 열쇠를 꽂아 넣으려 했고, 손아귀 힘이 부족했는지 자물쇠에 부딪힌 열쇠는 손에서 벗어나 곡선을 그리며 떨어졌다. 그리고 하필이면 창고 앞에 있던 하수구 구멍으로 쏙 들어가 버렸다.

"으아아악!"

윤서와 선배는 동시에 소리를 지르며 하수구 앞에 엎드렸다. 불행은 거기에서 끝이 아니었다. 하필이면 그날 큰비가 왔고 하수구에는 빗물이 콸콸 소리를 내며 흘러가고 있었다. 열쇠는 그대로 빗

물과 함께 어디론가 떠내려갔다. 두 사람은 허망하게 사라지고 있는 열쇠를 쳐다만 볼 뿐 아무것도 할 수 없었다. 애꿎게 교복만 비에 젖어 갔다.

두 번이나 열쇠를 잃어버린 선배와 그 선배에게 열쇠를 쥐어 준 윤서는 정말 호되게 혼이 났다. 그 후로는 교감 선생님께서 열쇠가 필요할 때마다 손수 창고에 가서 문을 열어 주셨다. 별말씀은 안 하셨지만, 윤서는 선생님들의 신뢰를 잃어버린 것 같은 느낌에 울적했다.

올해 다시 같은 일을 맡게 되었을 때 윤서는 작년에 한 실수를 만회해야겠다고 생각했다. 절대로 실수하지 않고 완벽하게 맡은 일을 해낼 것이다. 학생회 열쇠는 하수구에 빠져 사라졌기에 올해도 교감 선생님께 열쇠를 빌리러 가야 했다. 올해 새로 오신 교감 선생님은 작년 윤서가 한 바보짓을 모르는 분이셨다.

"창고 열쇠라고? 선생님들, 창고 열쇠가 어디 있지요?"

그리고 창고 열쇠도 전혀 모르고 계셨다. 교감 선생님은 다른 선생님께 열쇠 행방을 물으셨다.

"열쇠 꾸러미에 있지 않을까요? 그 교감님 뒤쪽 캐비닛에 비번 걸린 칸에 있는 거요."

교감 선생님 물음에 교무부장 선생님께서 대답하셨다. 교감 선생님은 올해 처음 오신 분이었지만 교무부장 선생님은 몇 년이나 이곳에 계셨기에 가끔은 교감 선생님보다 더 학교 일에 능숙하실 때가 있었다.

"그거 비번이 뭐더라. 일 년에 몇 번 열 일이 없으니까."

"하하. 그거 저번 축제 때나 열리고 그 뒤로는 안 열렸을 거예요."

교감 선생님은 안경을 쓰시고는 작은 수첩을 한참 뒤지셨다. 눈이 침침하신지 눈썹 쪽에 주름을 지은 채였다. 캐비닛 비밀번호를 누르는 데도 한참 걸리고, 열쇠 꾸러미에서 창고 열쇠를 찾는 것도 한나절이었다. 너무 여유로운 교감 선생님 태도에 윤서는 안달이 났다. 이번 점심시간에 조금이라도 창고를 살펴볼 계획이었는데 이러다가는 창고 문에도 못 가 보고 점심시간이 끝날지도 몰랐다.

"이건가? 이것만 어디 열쇠인지 안 쓰여 있는데."

"아, 그거 맞는 거 같아요."

교감 선생님이 내민 열쇠는 윤서가 기억하고 있는 모양과 같았다. 라벨지에 무슨 열쇠인지 적혀 있는 다른 열쇠들과는 다르게 이 열쇠는 아무것도 적혀 있지 않았다. 이름이 적힌 열쇠 중 창고라고 적힌 열쇠는 없었으니 창고 열쇠가 맞을 것이다.

교감 선생님은 윤서 손에 열쇠를 올려 주셨다. 차가운 열쇠 감

촉을 느끼며 윤서는 열쇠를 잡은 손에 힘을 주었다. 이번에는 절대 잃어버리면 안 된다.

창고에 도착해서도 하수구 위치를 몇 번이나 확인하고 조심히 열쇠를 꺼냈다. 그리고 차분하게 천천히 자물쇠에 끼워 넣고 살살 돌렸다. 아니, 돌리려고 했다. 열쇠는 무언가에 걸린 듯 덜컥거리기만 하고 좀처럼 돌아가지 않았다.

혹시 방향을 잘못 꽂았나 싶어서 이리저리 돌려 가며 몇 번이나 꽂아 보았지만 맞지 않는 열쇠를 넣은 것처럼 돌아가지 않았다.

다시 교무실에 가서 열쇠를 바꾸어서 오기에는 시간이 부족했다. 윤서는 창고를 열어 보는 것을 포기하고 교실로 돌아갈 수밖에 없었다.

"웬 열쇠야?"

점심시간에 사라졌던 윤서가 못 보던 열쇠와 함께 돌아오자 짝꿍이 관심을 보였다. 윤서는 책상에 엎드리며 대충 대답했다.

"축제 창고 열쇠."

"아, 그……."

작년 윤서가 열쇠를 잃어버린 이야기는 이미 전교생이 다 알았다. 워낙 떠들썩하게 혼난 탓이었다.

"이거 줄까?"

짝꿍은 작은 곰 인형을 내밀었다. 갈색 털에 반들거리는 까만 눈이 달린 귀여운 아기 곰이었다.

"이걸 왜?"

"이거 열쇠고리야. 열쇠 또 잃어버리면 안 되니까 달아 두라고."

곰을 뒤집자 등에 달린 작은 고리가 보였다.

"고마워."

윤서는 감사 인사를 하고 고리에 열쇠를 밀어 넣었다. 이리저리 돌려 가며 열쇠를 넣으려고 했지만 좀처럼 잘되지 않았다. 애꿎게 손톱만 엉망이 되었다. 보다 못한 짝꿍이 자기가 하겠다며 가져갔다. 짝꿍은 고리를 무리하게 벌리려다가 피까지 보았다. 여전히 열쇠는 고리에 끼우지도 못했다.

인형과 열쇠는 여자아이들 사이를 전전하다가 남자아이들에게 넘어갔다. 결국 반에서 가장 힘이 센 하니 손에 들어가고 나서야 열쇠를 고리에 끼울 수 있었다. 하니가 열쇠가 끼워진 인형을 높이 들어 올리자 교실이 환호성으로 가득 찼다. 그리고 그 소리를 듣고 나서야 떠올랐다. 인형에 끼운 열쇠가 창고 열쇠가 아닐 수도 있다는 사실 말이다.

결국 윤서는 누구에게도 이 사실을 말하지 못했다. 그냥 집에 가서 아빠한테 빼 달라고 하는 수밖에 없었다.

윤서는 학교가 끝나고 다시 창고에 들렀다. 마지막으로 한 번 더 열쇠를 돌려 볼 생각이었다. 별 기대 없이 자물쇠에 열쇠를 넣고 돌렸다.

'달칵.'

열쇠가 돌아가는 느낌이 달랐다. 아까는 뭔가에 탁 막히는 느낌이 들었다면 지금은 부드럽게 돌아갔다. 분명 점심시간에는 자물쇠가 열리지 않았는데. 아까는 너무 긴장해서 그랬나? 윤서는 교감 선생님을 귀찮게 하지 않고 자물쇠를 열어 그나마 다행이라고 생각했다.

그 뒤로 윤서는 가끔 창고에 들렀다. 축제에 필요한 소품이 얼마나 있는지 확인하고 상태도 확인하기 위해서였다. 그런 가운데 윤서는 아주 가끔 위화감을 느꼈다. 창고 안 물건 위치가 기억과 살짝 달라진 것 같은 느낌이 들었기 때문이다.

마침 학교에는 여학생 귀신이 나타난다는 소문이 돌아서 윤서를 섬뜩하게 만들었다. 마음 같아서는 아무나 붙잡고 창고에 같이 가자고 하고 싶었지만, 모두가 바쁠 시기에 너무 민폐라는 생각과 중학생이나 되어서 귀신을 무서워하는 것이 부끄러워 쉽게 말을 꺼내지 못했다.

하지만 오늘은 어떻게 해서든 누구라도 끌고 왔어야 했다. 윤서는 바닥에서 일어나 다시 창고 문으로 향했다. 온 힘을 다해 창고 문을 밀었지만, 뭔가에 걸린 것처럼 꿈쩍하지 않았다. 지금 이 틈으로는 개미밖에 나갈 수 없을 것이다. 윤서는 다시 바깥으로 소리를 내질렀다. 이번에는 문틈을 향해서였다.

지금 학생들의 가장 큰 관심사는 축제다. 연세중은 학생 수는 적어도 동아리가 꽤 다양했다. 학생 수가 많던 예전에 이것저것 만든 부서들을 학생 수가 엄청나게 줄어든 지금도 동아리 전통이니 뭐니 해서 없애지 못한 것이다. 그러다 보니 인기 없는 동아리는 신입 회원이 겨우 한 명 들어오고는 했다.

그리고 그 인기 없는 동아리 중 하나가 원예부다. 자신들은 탐정부라고 부르지만 공식적으로는 원예부였다. 원예부이자 탐정부 아이들은 종이 하나를 두고 둘러앉았다. 축제 부스 신청서였다. 신청서는 아직 아무것도 적히지 않아 깨끗했다.

"시금치 하면 역시 김밥 아닐까요? 김밥 싫어하는 사람은 없잖아요. 재료는 미리 집에서 준비해 오면 불이 필요하지도 않고요."

새롭게 원예부에 들어온 1학년 진서가 안경을 치켜올리며 말했다. 놀랍게도 가위바위보가 아니라 자원해서 들어온 신입 회원이다.

"나쁘지는 않은데 말이지. 임팩트가 부족하잖아."

다음으로 말한 사람은 현석이었다. 드물게 진지한 모습으로 회의에 참여하고 있었다.

"임팩트라는 거 꼭 필요해요?"

"그럼, 당연하지. 그래야 다음 해에는 부원이 한 명이라도 더 들어올 것 아니야."

축제에는 연세중 학생뿐만 아니라 마을 주민들과 초등학생들까지 온다. 그중 아이들이 노리는 것은 내년 연세중에 입학할 초등학생들이었다. 이번에 애들한테 좋은 인상을 남겨 둔다면 내년에는 훨씬 수월하게 동아리 부원을 모집할 수 있을 것이다.

"그런데 지금 밭에 있는 걸로 무슨 임팩트 있게 준비할 수 있겠어요. 대부분은 시금치고 방울토마토 조금이랑 바질 조금이잖아요. 그중에서도 부스에 쓸 수 있을 정도로 넉넉한 건 시금치뿐이에요."

새싹 실종 사건 이후 중간고사다 뭐다 해서 밭에 신경 쓸 시간이 없었다. 아니, 시간은 있었는데 그 시간을 밭일에 쓰고 싶지 않았다는 것이 더 정확한 표현이다. 결국 축제가 가까워 오는데도 밭에서 쓸 만한 것은 시금치밖에 없었다.

조용히 회의 모습을 지켜보던 강산이가 손을 들었다.

"근데 우린 그냥 원예부가 아니라 탐정부잖아. 그럼 탐정부랑 관련된 활동을 해야 하는 거 아니야?"

"나도 그러고는 싶은데."

하니 표정이 시무룩해졌다.

"탐정부라는 건 우리가 마음대로 만든 거고, 원래는 원예부잖아. 그러니까 원예부 관련 활동을 해야 해."

"뭔가 원예부 활동 같으면서도 추리를 곁들일 수 있는 건 없을까?"

강산이 질문에 부실은 침묵에 빠졌다. 전혀 관련 없는 '원예'와 '추리'를 함께할 수 있는 활동이라니……. 아무리 머릿속을 굴려도 좀처럼 떠오르지 않았다. 침묵을 깨고 현석이가 큰 소리를 냈다.

"원예든 추리든 상관없이 빨리 뭐라도 적어서 내야 해. 안 그러면 또 작년 같은 꼴 날 거라고."

"작년에는 뭐 했어요? 작년 축제 때 원예부를 본 기억이 없는데."

진서 물음에 현석이가 눈물을 훔치는 척했다. 대답하는 목소리에 설움이 담겼다.

"학생회의 노비였지."

"작년에 우리는 부스 신청 안 했다고 학생회에서 심부름했어.

탁자도 나르고 천막도 치고."

"그리고 그 공은 다 학생회로 갔지. 올해에는 우리도 4명이나 되니 뭔가 해야 한다고."

현석이는 울분을 토한 뒤 다시 신청서로 눈을 고정했다. 뚫어지게 바라보면 적당한 계획이 저절로 떠오를 것처럼 말이다.

그 뒤로 몇 가지 의견이 나왔지만 실행할 수 없을 정도로 현실성이 없거나 임팩트와는 거리가 먼 평범한 것들뿐이었다. 결국 오늘 회의도 별 소득 없이 끝났다. 이제 계획서를 내야 하는 날이 얼마 남지 않았다. 계획서를 쓰는 시간까지 생각하면 이번 주 중으로는 무엇을 할지 꼭 결정해야 했다.

"언제나 회의가 내일 이야기 하자로 끝나는 것 같은데요."

"원래 위대한 아이디어는 깊은 고민 끝에 나오는 거야."

"우리한테서 그런 게 나올까요?"

"그럼, 그럼. 선배들이 내년 신입생 엄청나게 몰려오게 해 줄게."

가방을 주섬주섬 챙기며 현석이가 툴툴대는 진서를 다독였다.

정리하고 나오자 벌써 하늘에는 노을이 지고 있었다. 마음 같아서는 조금 더 이야기하고 싶었지만, 해가 지면 앞이 보이지 않을 정도로 깜깜할 테니 그 전에 집에 가야 했다. 탐정부실은 워낙 외진 곳이라 변변한 가로등도 없으니 해가 지면 한 발자국도 보이지 않을 것이다.

"이렇게 외진 곳에 있으니까 여학생 부원이 안 생기는 게 아닐까요."

"그 영향도 없지는 않겠지."

"맞아. 이 길, 꼭 공포영화에 나올 것 같지 않아?"

현석이가 오래전 학교를 배경으로 한 귀신영화 흉내를 냈다. 그 말대로 학교 본관에서 탐정부실까지 길은 너무 변변찮았다. 좁은 길 양쪽으로는 잡초가 무성하고 길 자체도 포장된 길이 아니라 비만 오면 질척거리기 일쑤였다. 그 때문에 선생님들도 잘 오지 않는데 그것이 탐정부의 가장 큰 장점이자 단점이었다.

아이들은 작년 축제에 관한 이야기로 화제를 옮겼다. 강산이는 작년 축제를 경험하지 않아서 아는 것이 없었기에 이야기를 흘려들으며 걸었다. 학교 본관으로 가는 길에는 탐정부 아이들뿐이었다. 지금 이 시간이면 웬만한 아이들은 모두 집에 갔을 테고, 남아 있는 아이들이 있더라도 이쪽으로는 오지 않는다.

그런데 들릴 리가 없는 소리가 들려왔다.

강산이는 같이 있는 아이들을 돌아보았다. 여기 있는 사람이 낸 소리는 아니었다. 목소리가 좀 더 낯설었고 멀리서 울리듯이 난 소리였다. 강산이는 바로 옆 하니 옷을 감아쥐었다.

"이게 무슨 소리야?"

강산이 말에 다른 아이들은 어리둥절한 표정으로 쳐다보았다.

"네? 무슨 소리요?"

"아무 소리도 안 났는데?"

강산이는 소리가 들린 쪽으로 다시 고개를 돌렸다. 사람 그림자도 보이지 않았다. 그쪽에 있는 것은 탐정부실과 닮은 작은 간이 창고뿐이었다.

"저기서 소리가 들렸어. 이상한 목소리였는데."

"저기는 거의 안 쓰는 물건들을 모아 둔 창고일 텐데. 일 년에 몇 번 열지도 않아서 사람 없을걸."

"선배가 잘못 들으신 거 아니에요? 아! 아니면 그거일지도 몰라요."

"그거?"

"네. 우리 학교에 그거 나오잖아요. 여학생 귀신."

진서 말과 아까 들은 목소리가 동시에 귀에서 울리는 것 같았다. 강산이는 자신도 모르게 하니 옷을 생명줄처럼 움켜쥐었다.

"왁!"

뒤쪽에서 갑자기 손이 튀어나와 강산이 어깨를 탁 소리가 나게 쳤다. 온몸을 긴장하고 있던 터라 강산이는 볼품없는 비명 소리를 내며 바닥에 주저앉았다. 호쾌한 웃음소리에 뒤를 돌아보니 현석이가 손을 뻗은 자세 그대로 폭소하고 있었다. 강산이가 창고에 집중한 사이에 뒤로 돌아가 놀라게 한 것이다.

"와, 반응 진짜 좋은데."

"여기 앉으면 교복 다 엉망 된다. 너도 그만해."

하니가 강산이를 부축해서 일으켜 세웠다. 흙바닥에 주저앉은 탓에 교복 바지가 흙으로 엉망이었다. 현석이는 장난이 만족스러웠는지 더 장난을 치지 않고 금방 물러났다. 아이들은 강산이를 둘러싸고는 흙을 털어내는 것을 도와주었다.

"거…… 누구? 도와……."

바지를 쳐 대는 소리 사이에 다른 소리가 섞여 들었다. 목을 긁어서 내는 듯한 거친 소리였다. 강산이는 가까스로 중심을 잡다가 그 소리를 듣고 다시 한 번 주저앉았다. 이번에는 그 목소리를 모두가 들었는지 현석이와 진서까지 소리를 지르며 하니에게 매달렸다. 졸지에 사람을 주렁주렁 달게 된 하니가 외쳤다.

"무거워 이것들아. 좀 떨어져."

하니가 손을 휘저어 옷에 들러붙은 아이들을 떼어 내었다. 떨어져 나가서도 하니 옷을 놓지 않는 통에 교복이 엉망으로 구겨졌다.

"방금 그거 뭐죠? 진짜 목소리 들렸어요."

"저기 가 보자."

"왜요? 싫어요."

"어차피 안 보고 집에 가도 무서워서 잠 못 자. 아무것도 없는 걸 확인해야 마음이 놓인다고."

"아무것도 없으면 다행인데 뭔가 있으면 어떡해요."

현석이와 진서가 하니를 사이에 두고 티격태격했다.

"둘이서 대화할 거면 나는 좀 놔주지 그러냐."

하니는 아직 옷을 잡혀 있는 탓에 두 사람의 움직임에 따라 몸이 이리저리 당겨졌다.

"야! 안 들려? 도와 달라고!"

이번에는 조금 더 큰 소리였다. 조금 거친 소리였지만 확실히 사람 목소리였다. 목소리에 절박함이 서려 있어 장난 같지는 않았다.

"도와 달라는데? 내가 가 볼게."

가장 먼저 나선 것은 하니였다. 나머지 세 사람의 시선이 하니에게 쏠렸다. 저기에 함께 가고 싶지 않은 표정이었다. 하니는 옷에 달라붙어 있던 사람들을 털어 내고는 창고로 향했다. 나머지 세 사람도 주저하더니 그 뒤를 따랐다. 아무리 무서워도 위험해 보이는 곳에 하니 혼자 보낼 성격들은 아니었다.

창고는 탐정부실과 대체로 비슷했다. 본관 건물에서 떨어져 외진 곳에 있었고 사람이 잘 다니지 않았다. 그리고 컨테이너를 개조해서 만든 간이 건물이었다.

다른 점은 바깥에서 자물쇠로 잠그게 되어 있다는 것이다. 양쪽으로 열리는 문 가운데에 고리가 있고 그 고리에 자물쇠 고리를 통과시켜서 잠그는 형태였다. 그리고 지금 창고 자물쇠는 잠겨 있었다.

그것을 본 강산이는 비명을 삼켰다.

"잠겨 있는데."

"그, 그럼, 여기 아무도 없는 거잖아요."

진서가 한 말에 다시 다급하게 목소리가 이어졌다.

"아니야. 여기 있어! 너 진서냐?"

"으아아아악!"

진서 몸이 펄쩍 튀어 오르며 비명을 질렀다. 목소리가 나는 곳은 창고 옆에 작게 난 창문 쪽이었다. 창문에 손이 튀어나와 흔들리고 있었다. 목소리를 따라 시선을 돌린 아이들이 다시 한 번 비명을 질러 댔다. 손 쪽에서 나는 목소리에 짜증이 섞였다.

"야! 소리 좀 그만 지르고 빨리 도와 달라고! 진서야아악! 진서, 너, 이 새끼 빨리 이리 안 와?"

귀신이 말한다기에는 말투가 좀 이상했다. 진서도 정신을 차리고 몸을 일으켰다. 안경테를 밀어 올려 흐트러진 안경을 고쳐 쓰고

창문으로 향했다.

"어? 누나? 거기서 뭐해? 목소리는 또 왜 그렇고?"

손은 신경질적으로 창틀을 쾅쾅 쳐 댔다.

"빨리 문이나 열어!"

"문이 잠겨 있는데?"

"무슨 소리야. 그럴 리가 없어. 장난치지 말고 빨리 꺼내 달라고."

평소와 목소리가 달랐지만, 진서가 누나라고 부를 사람은 2학년 윤서밖에 없었다.

"너, 윤서야?"

하니가 창문에서 튀어나온 손을 향해 묻자 손이 좌우로 흔들렸다. 인사를 하는 듯한 손짓이었다.

"응. 이 목소리는 하니야? 하니, 빨리 문 열어 줘."

"근데 진짜 문 잠겨 있어."

자물쇠를 몇 번 잡아당겨 보던 현석이가 큰 소리로 말했다.

"이거 열쇠가 있어야 열 수 있겠는데?"

현석이 목소리를 들은 손이 갈색 곰 인형이 매달린 작은 열쇠 하나를 내밀었다.

"그럴 리가 없는데. 이걸로 한번 열어 봐."

"누나! 열쇠가 있으면 빨리빨리 내놔야지!"

"아니, 잠길 리가 없다니까."

진서는 투덜거리면서도 열쇠를 들고 문으로 달렸다. 열쇠를 넣고 돌리자 자물쇠가 쉽게 풀리고 문이 열렸다. 어두운 창고 안에서 윤서가 튀어나왔다. 나오면서 뭘 건드렸는지 창고 안에서 무언가가 우당탕 넘어지는 소리가 울렸다.

진서와 윤서는 한 살 차이 나는 남매다. 나이도 다르고 성별도 다름에도 또래보다 살짝 작은 키와 왜소한 몸, 얼굴을 가리는 동그란 안경이 굉장히 닮았다. 특히 안경을 치켜올릴 때 모습은 도플갱어가 아닌가 싶을 정도로 똑같았다.

"아, 씨. 오늘 집에 못 가는 줄 알았네."

"왜 이런 데 있어?"

"축제 부스에 쓸 것들 얼마나 있는지 확인하고 있었어."

윤서가 투덜거리며 옷을 툭툭 털었다.

"아니, 누나, 갇혔으면 신고하든가 나한테라도 전화하든가 해야 할 것 아니야."

"핸드폰 안 들고 왔어. 내가 이렇게 될 줄 알았냐?"

"그럼 도와 달라고 소리라도 지르던가."

"내가 안 했을 것 같냐? 내 목소리가 왜 이렇게 됐는지는 생각

안 하지?"

진서와 윤서는 한참 동안 말싸움을 이어 나갔다. 여기에 갇힌 후로 소리를 질러 도움을 청했지만, 본관과 떨어진 외진 곳이라 윤서가 갇혀 있는 것을 아무도 눈치채지 못한 듯했다.

"진짜 그렇게 소리를 질렀는데 아무도 안 와 보더라."

"아무래도 학교니까 어쩔 수 없지."

학교에는 수업 시간이 아닐 때 늘 비명을 지르며 뛰어다니거나 장난치는 학생들이 있었다. 누군가 윤서 목소리를 들었다고 해도 그냥 장난친다고 생각했을 것이다.

숨을 돌린 윤서가 의아한 목소리로 말했다.

"그런데 왜 문이 잠겼지?"

"누군가 지나가다가 아무도 없는 줄 알고 잠갔겠지."

현석이가 대수롭지 않게 말하며 문을 다시 닫았다. 그러고는 창고 문을 다시 잠그기 위해 한참 동안 자물쇠를 만지작거렸다. 몇 번이나 이리저리 누르더니 고개를 갸웃거렸다.

현석이가 자물쇠를 잠그는 데 실패하자 강산이가 자물쇠를 이어 받았다. 고리 부분과 구멍을 잘 맞추어서 눌렀다. 딸깍 하는 느낌은 났지만, 손을 떼자 고리가 그대로 다시 풀렸다.

"이거 열쇠가 있어야 잠기는 자물쇠인가 본데?"

"맞아. 그러니까 다른 사람이 잠갔을 리가 없다고. 여기 열쇠 그거 하나뿐이야."

윤서는 진서가 들고 있는 열쇠를 눈짓으로 가리켰다. 자물쇠로 열거나 잠글 수 있는 단 하나의 열쇠. 그리고 그 열쇠는 윤서와 함께 창고 안에 있었다. 그러니까 윤서는 처음부터 창고 문이 잠겨 있을 리가 없다고 생각한 것이다.

"문을 아무리 밀어도 뭔가 걸린 듯 안 열리길래 뭔가 무거운 것으로 문을 막았다고 생각했지. 진짜 자물쇠가 걸려 있을 줄은……."

"그럼, 문은 왜 잠긴 거야?"

"그니까."

갑자기 한기가 들며 등이 오싹했다. 아이들은 서로를 바라보다가 누가 먼저랄 것도 없이 빠르게 걸음을 옮겼다. 거의 뛰듯이 걸었더니 학교 본관에 금방 도착했다. 주위에 사람이 늘어나고 나서야 진서가 다시 말을 꺼냈다.

"그러니까 우리 학교에 그게 있다니까요. 여학생 귀신."

"이상한 소리 좀 하지 마."

윤서가 소름이 돋는지 팔을 쓸며 주위를 두리번거렸다. 하지만 진서는 그 이야기를 그만둘 생각이 없는 듯했다.

"누나, 그거 안 봤어? 이번 달 '연세 소식지'."

"아, 그거."

윤서 대신 대답한 사람은 현석이었다. 현석이 목소리에 웃음기가 가득했다.

"이번 달 '초미녀'가 낸 기사 말이지? 아마 제목이 '모퉁이 귀신의 정체는 무엇인가' 이런 거였어."

강산이는 대화 내용을 따라가지 못했다. 연세 소식지도 초미녀도 처음 들어보았다. 강산이 표정을 본 하니가 자세히 설명해 주었다.

"연세 소식지는 신문부에서 만드는 우리 학교 월간지야. 신문부 애들이 기사를 다 쓰기 힘드니까 일반 학생들의 기사 투고도 받는데 그냥 내기만 하면 거의 다 실어 준다고 해. 이번에는 초미녀가 쓴 기사가 실렸는데 그 이야기를 하는 거야."

"초미녀? 이름이? 아니면 얼굴이?"

"음……. 초미녀는 초자연 현상과 미스터리를 연구하는 동아리라고 들었는데."

하니는 자신이 없는지 현석이 쪽을 쳐다보았다. 현석이가 고개를 가볍게 끄덕여 동의했다.

"근데 그런 동아리는 들어 본 적이 없어. 선생님이 주신 동아리

표에도 없었고."

그런 특이한 이름을 보고 잊어버릴 리가 없다. 기억을 아무리 더듬어 봐도 '초미녀'라는 동아리는 본 적이 없다.

"비공식 동아리라서 그래. 우리 탐정부처럼."

강산이가 '초미녀'를 알아 가는 사이 진서, 윤서 남매는 계속 귀신 이야기를 하고 있었다.

"아, 그걸 안 봤어? 학생회 바로 앞에 쌓여 있는데?"

"뭔 내용이었는데?"

"1층 복도에 가끔 여학생이 나타나는데 그 뒤를 따라가다 보면 갑자기 눈앞에서 사라진다는 거야. 그 서쪽 문 모퉁이 쪽에서 많이 나타난다던데. 아! 연우! 연우 인터뷰도 실렸어요."

"연우가 뭐라고 했는데?"

"음…… 뭐였더라. 앞서가던 아이가 뭘 떨어뜨려서 돌려주려고 쫓아갔는데 없어졌다, 이런 내용이었어요."

다행히 시험지 이야기는 빠져 있었다. 하기는 연우가 제 입으로 시험지에 대해 말할 리가 없었다.

"연우 인터뷰 다음에 연우 달리기 기록과 우리 학교 다른 여학생들 달리기 기록을 비교하는 게 나왔고, 연우를 따돌리고 도망갈 수 있는 여학생은 없다고 했어요. 그러니까 그 여학생은 귀신이 분

명하다고."

 탐정부 아이들은 아무 말도 할 수 없었다. 현석이는 웃음을 참느라 얼굴이 새빨개져 있었고, 하니와 강산이는 혹시나 말실수를 할까 봐 쉽게 입을 열지 못했다. 결국 대화를 이어 나가는 것은 진서와 윤서 둘뿐이었다.

 "너는 그런 엉터리 기사를 믿냐? 어린애도 아니고. 네가 그러고도 탐정부라고 할 수 있어?"

 "탐정부랑 이거랑 무슨 상관인데?"

 "최소한 오컬트에 빠지는 건 탐정답지 않다고 볼 수 있지."

 진서는 잠시 움찔하더니 다시 더듬더듬 말을 이어 나갔다.

 "모퉁이 귀신 이야기는 거짓말이라고 해도, 귀신이 아니면 누가 어떻게 창고 문을 잠근 건데? 열쇠는 계속 누나가 가지고 있었다며."

 "으."

 말문이 막힌 윤서가 나머지 사람들을 돌아보았다. 누군가 대신 대답해 주길 원하는 것 같았지만 문이 저절로 잠긴 까닭을 아는 사람이 있을 리 없었다.

2
탐정부 VS 초미녀부

 탐정부는 시간 날 때마다 모여 이야기를 나누었지만, 여전히 계획서는 깨끗했다. 강산이는 '원예부' 활동으로 시선을 사로잡는 부스를 운영한다는 전제부터 잘못되었다고 생각했다.

 동아리가 진짜 탐정부로 인정받는다면 좀 더 재미있는 활동을 할 수 있을 것이다. 범죄 현장을 만들어 놓고 범인을 찾게 하거나 수수께끼를 내어 잠긴 방에서 탈출하게 하는 식으로 말이다.

 짧은 점심시간이 의미 없이 흘러가고 있을 때 문이 벌컥 열리며 윤서가 들어왔다. 어제 보았을 때보다 눈 밑이 퀭한 채였다. 윤서는 아직 제대로 풀리지 않아 약간 걸걸한 목소리로 다짜고짜 회의에 끼어들었다.

"너희 아직 축제에서 뭐 할지 안 정했지?"

윤서가 난입하자 탐정부 아이들은 자세를 굳혔다.

"너 설마 올해도 우릴 부려 먹으려고?"

"어차피 할 것도 없으면서."

윤서가 텅 비어 있는 계획서를 힐끔댔다. 현석이가 윤서 시선을 피해 계획서를 뒤로 숨겼다.

"아니! 있거든. 지금부터 엄청난 걸 생각해 낼 거라고."

자신을 그리 환영하지 않은 분위기인데도 윤서는 태연하게 들어와 의자를 하나 차지했다.

"야, 너희들 잘 들어 봐. 축제에서 진짜 원예부 활동을 하고 싶은 건 아니잖아."

"그렇다고 학생회 몸종이 되고 싶은 것도 아니다!"

"쳇! 끝까지 안 들을래?"

윤서가 싸늘하게 쏘아붙이자 아까만 해도 방방 뛰던 현석이가 풀이 죽어 얌전히 자리에 앉았다.

"작년처럼 몸 쓰는 일을 시키려는 건 아니고, 탐정부에 정식으로 의뢰하려고."

의뢰라는 말에 아이들 눈이 빛났다.

"의뢰?"

"응. 창고에 누군가 드나들고 있는 것 같은데, 누가 어떻게 드나드는 건지 알아내 줘."

윤서가 전장에 나가기 전 장군처럼 비장한 목소리로 말했다.

윤서 말을 들으니 자연스럽게 윤서가 창고에 갇혀 있던 모습이 떠올랐다.

"창고라면, 어제 그 창고?"

하니가 묻자 마치 물어보길 기다렸다는 듯 윤서 입에서 말이 쏟아져 나왔다.

"응. 어제 창고 문 잠그고 갔었잖아. 그때 급하게 나오느라 탁자들을 다 넘어뜨렸거든. 그런데 다음 날 정리하려고 다시 가 보았더니 누군가가 이미 정리해 둔 거야."

윤서가 창고 밖으로 뛰쳐나올 때 창고 안에서 무언가 우르르 무너지는 소리가 들리기는 했었다. 아마도 탁자가 넘어지는 소리였던 모양이다. 창고를 잠그기 전에 정리하지 않았으니 다른 누군가가 정리했다는 말인데, 열쇠는 윤서가 가지고 있어 다른 사람이 정리할 수는 없다.

생각이 뱅글뱅글 도는 느낌이다.

"그래서 그때 알았지. 나 말고 누군가 창고에 들락거리는 사람이 있다!"

"그런데 열쇠는 하나밖에 없다며."

"그렇지. 그게 문제야. 다른 사람이 열쇠를 가지고 있을 리가 없다고."

윤서는 확신에 찬 목소리로 말했다.

"네가 모르는 열쇠가 있을지도 모르잖아. 모든 학교 열쇠를 네가 관리하는 것도 아니고."

"아냐. 그럴 리 없어."

윤서는 긴 이야기를 시작했다. 무려 작년 축제 준비 기간부터 이어지는 이야기다. 1학년 때 창고 자물쇠를 바꾸었고 열쇠는 두 개 있는데, 하나는 하수구 아래로 사라졌고 하는……. 어쨌든 윤서가 말하고자 했던 것은 하나다.

"창고 열쇠가 이거 하나밖에 없다는 걸 참 길게도 이야기한다."

끝없이 늘어지는 윤서 말을 끊고 진서가 불만스레 이야기했다.

"열쇠가 하나밖에 없는 이유를 설명한 거잖아. 이게 그 마지막 열쇠니까 이렇게 인형도 달았고."

윤서는 열쇠고리를 들어 보였다. 익숙한 갈색 곰이다. 저 인형에 열쇠를 걸려고 반 전체 아이들이 매달렸었다.

"네가 들고 다니던 열쇠를 누군가 잠깐 가져가서 복사했을 가능성은 없을까?"

"항상 몸에 지니고 다녀서 누가 가져가지는 않았을 거야. 가방에 넣어서 이렇게 메고 다녔거든."

어깨에 멜 수 있도록 기다란 줄이 달린 가방이다. 가방 자체는 손바닥만 해서 열쇠와 열쇠고리를 넣으면 가득 찰 것 같았다.

윤서는 그 가방을 몸에서 떨어지지 않게 대각선으로 메고 가방에 열쇠를 집어넣었다. 지퍼까지 잠그고 가방을 톡톡 두드렸다. 열쇠를 언제나 안전하게 보관하고 있었다는 것을 강조하는 듯한 몸짓이었다.

"체육 시간에는? 체육 선생님은 수업에 그런 가방 메고 오는 거 허락 안 하시잖아."

"체육 시간에는 탈의실에 교복이랑 같이 놔뒀지."

현석이가 자리에서 벌떡 일어났다.

"그때다. 그때 누군가 탈의실에 들어와서 열쇠를 가져가 복사한 거야."

"탈의실에 들어왔다는 건 우선 여학생이라는 거고, 수업 중에 외출증을 쓴 사람을 찾아보면 누군지 금방 찾을 수 있겠네요."

진서도 현석이가 한 말에 신나서 덧붙였다. 우리 말을 들은 윤서가 고개를 저었다.

"그럴 리는 없어."

"또 왜?"

"내가 하나 남은 열쇠를 사용하면서 복사할 생각을 안 했겠어? 나도 열쇠부터 복사하려고 했었지. 불안하니까."

"그런데 왜 안 했어?"

"열쇠 집이 문을 안 열어서 그 옆집에 물어보았는데, 한 달 전부터 문을 안 열었대. 열쇠 집 아주머니가 아프셔서 아저씨랑 아주머니랑 서울 병원에 같이 갔다고 하시더라고."

학교 주변에 열쇠 집은 단 한 곳뿐이다. 구두도 고치고, 도장도 파고, 열쇠도 만드는 작은 가게였다. 두 번째로 가까운 열쇠 집은 옆 도시까지 가야 있었다. 시외버스로 한 시간 남짓 걸리는 곳이다.

"하여튼 그러니까 누군가 체육 시간에 열쇠를 몰래 빼 갔다고 해도 열쇠를 복사하지는 못했을 거야."

그럼, 윤서 몰래 열쇠를 가져가 복사한 것도 아니라는 말이다.

"그래서 이 의뢰 맡을 거냐?"

"당연하지!"

이런 재미있는 사건을 하니가 거절할 리 없다. 현석이가 성급하게 대답하는 하니 입을 막고 질문했다.

"이 사건을 조사하면 우리 원예부는 부스를 운영하지 못할 텐데, 혹시 나중에 또 우릴 잡일꾼으로 부려 먹으려고 하는 건 아니겠지?"

"당연히 아니지."

윤서는 눈을 피하며 대답했다. 아이들이 의심스러운 눈으로 쳐다보자 본심을 말했다.

"근데 창고에서 일할 때는 좀 같이 가 주면 안 되냐? 누가 있을지도 모르는데 혼자 가기 무서워."

"그럼, 진짜 같이 가 주기만 하면 되는 거?"

"…… 아니. 온 김에 같이 짐 좀 날라 주면 더 좋지."

윤서는 대답하고는 씩 웃었다.

"결국 이게 목적이었냐?"

"너희한테도 나쁜 건 아니잖아. 하기 싫은 원예부 부스 운영 안 해도 되지. 탐정부 활동도 할 수 있지."

윤서는 손가락을 접으며 말했다. 두 개까지 접었을 때 더 이상 할 말이 없어진 윤서는 손을 털어 내고 말을 돌렸다. 다음은 회유였다.

"어쨌든, 사건이 일어났는데 탐정부가 아니면 누가 나서겠어? 뭐, 일 도와주는 건 겸사겸사하는 거고."

맘에 들든 안 들든 의뢰는 의뢰다. 탐정부 아이들은 윤서가 말한

창고부터 살폈다. 윤서가 열쇠는 절대 빌려줄 수 없다고 하는 통에 윤서와 함께였다.

자물쇠를 열고 녹슨 문을 당기자 끼익 하는 소리와 함께 문이 열렸다. 윤서는 문을 열고 한 발짝 뒤로 물러섰다. 먼저 안으로 들어가라는 의미인 듯했다.

문 안쪽에는 특별한 것이 없었다. 축제에 필요한 탁자와 의자, 천막 등이 정리되어 있을 뿐이었다.

"여길 왜 드나들었을까요?"

"그러니까. 뭐 좋은 것도 없는데."

강산이는 대화에 끼지 않고 주위를 살폈다. 문을 열자마자 느꼈던 위화감이 무엇 때문인지 계속 생각하며 창고 안을 한 바퀴 돌았다.

무심코 문 쪽에 펼쳐져 있는 탁자를 손으로 쓸었다가 왜 위화감이 들었는지 알아챘다.

"왜 이거만 펼쳐져 있어?"

"글쎄. 작년에 제대로 정리를 안 해 놨나."

"범인을 어떻게 찾지?"

언젠가부터 '창고에 드나드는 사람'을 '범인'이라 부르고 있었다. 그 사람이 뭔가 범죄를 저지르거나 한 것은 아니지만 계속 창고를 드나드는 사람이라고 부르려니 너무 길었다.

강산이는 밖으로 나가 창문으로 안을 들여다보았다. 창문 쪽에 쌓여 있는 탁자가 시야를 막고 있어 안쪽이 통 보이지 않았다. 다시 돌아서 창고로 들어오자 진서가 진지한 표정으로 의견을 말했다.

"CCTV를 설치하면 어떨까요?"

"우리가 돈이 어디 있냐?"

"제가 말하는 건 꼭 비싼 CCTV가 아니라요. 오래된 노트북이나 핸드폰 공기계를 가져와서 동영상 녹화를 켜 놓으면 되잖아요."

그럴듯한 의견이다. 어렵지 않았고, 범인 눈에만 띄지 않게 설치할 수 있다면 금방 범인을 찾을 수 있을 것이다.

"좋은 생각이네. 집에 쓸 만한 기계 있는 사람 있어? 혹시 범인이 발견하면 가져가 버리거나 부술 수도 있으니까 없어져도 괜찮은 걸로."

하니가 아이들에게 물었다. 그러나 대답하는 사람이 없었다.

"사용할 기계가 없으면 할 수 없는데."

탐정부 아이들은 범인을 잡는 데만 신경 쓰고 있지만 그보다 더 우선하는 것이 있었다. 윤서의 안전이다. 강산이는 이것부터 해결해야 한다고 생각했다.

"윤서는 여기 자주 와야 하는데, 우리가 항상 같이 와 줄 수는 없

잖아. 혼자 왔다가 범인을 마주치면 위험한 상황이 생길 수도 있는데."

"그치. 범인이 어떤 사람인지 모르니까 조심해야지."

윤서가 조심한다고 해서 될 문제가 아니다.

"경찰도 피해자가 위험한 상황에서 출동하면 사이렌을 울리면서 가잖아."

"응? 범인이 도망가 버릴 텐데?"

"범인을 잡는 것보다 피해자를 보호하려고 하는 거지. 소리를 듣고 범인이 도망가면 피해자가 무사할 수 있을 테니까."

강산이 설명을 듣고 아이들은 고개를 끄덕였다. 그 모습을 보고 강산이가 말을 이었다.

"그런 것처럼 우리도 소문을 내자. 윤서가 창고에 갇혔고, 탐정부가 그 사건을 조사하고 있다고. 그럼, 범인은 우리가 부담스러워 창고에 오지 않을 거야."

"범인이 창고에 오지 않으면 잡을 수가 없잖아."

현석이가 불만을 토해 냈다. 하니는 강산이 편을 들었다.

"범인을 잡는 것보다 윤서가 안전한 게 더 중요하지."

"맞아! 내 안전을 최우선으로 해 줘."

다섯 중 셋이 찬성하자 현석이는 더 이상 불만을 말할 수가 없었다. 강산이가 정리했다.

"소문은 윤서가 내는 게 적당하겠지. '열쇠가 하나뿐인데 잠긴 이상한 상황'과 함께 이야기하면 금방 퍼질 거야. 모퉁이 귀신 이야기가 빠르게 퍼진 것처럼."

창고 이야기는 빠르게 퍼져 나갔다. 모퉁이 귀신 이야기와 함께 연세중 미스터리 중 하나로 자리 잡는 데 채 일주일이 걸리지 않았다. 여기까지는 강산이가 예상한 대로였다. '여기까지는' 말이다.

일주일 뒤, 윤서를 찾아 학생회실에 들렀을 때였다. 창고 사건의 진행 상황을 보고하려는 것이었지만 알아낸 것이 없으니 딱히 보고할 만한 것도 없었다.

별 시답지 않은 이야기만 나누고 있을 때 가벼운 노크 소리와 함께 작은 여학생이 들어왔다. 언젠가 본 적 있는 얼굴이었다. 여학생은 학생회실을 한 번 둘러보더니 탐정부를 발견하고는 그쪽을 향해 외쳤다.

"이 일은 탐정부가 아닌 '초미녀'에서 맡아야 합니다."

작은 몸집에 어울리지 않는 단호한 목소리다.

"쟤가 걔야. 이번 모퉁이 귀신 기사 쓴 애. 시험지 사건 때 연우 붙잡아서 이야기하던."

현석이가 작게 속삭였다. 강산이는 그제야 연우를 붙잡았던 여

자아이가 저 아이임을 알아보았다.

"1학년이 쓴 거였어?"

"아니. 2학년이야. 2학년 1반 최서은"

키가 초등학생처럼 작아 당연히 1학년이라고 생각했는데 아니었다. 서은이는 윤서 쪽으로 성큼성큼 다가왔다.

"윤서야. 이건 처음부터 우리한테 맡겼어야지. 아마추어들이 해결할 수 있는 사건이 아니야."

"아마추어라니!"

하니가 발끈했다. 서은이는 가소롭다는 듯이 손을 흔들었다.

"그럼 아마추어지. 너희는 이 분야가 어떤지 아무것도 모르잖아."

"뭘 모르는데?"

"영적인 거 말이야. 이 일에 탐정부라니. 인간이 모든 일을 일으킨다는 생각은 너무 편협하고 오만한 거 아냐? 이 세상에는 평범한 인간들이 이해할 수 없는 일들도 일어난다고."

"너는 꼭 평범하지 않은 것처럼 말한다?"

"내가 괜히 초미녀부에 들어와 있겠어?"

강산이는 하니와 서은이가 벌이는 설전을 지켜보다가 조용히 중얼거렸다.

"중2병?"

강산이는 자신이 말을 하고도 당황해서 입을 가렸다. 진짜로 말할 생각은 아니었는데 마음대로 튀어나왔다. 작은 목소리로 말한 것을 서은이도 들었는지 강산이 쪽으로 눈을 부라렸다.

윤서가 손을 들자 두 사람은 설전을 멈추었다.

"그럼 둘 모두에게 의뢰하면 되지? 기한은 축제 전날까지. 각자 방식으로 뭔가 알아내서 가져와."

윤서가 하니와 서은이를 번갈아 보았다. 둘 다 불만스러운 표정으로 고개를 끄덕였다.

"싸움에서 이기려면 적을 알아야 하지."

현석이는 약간 꼬깃꼬깃한 종이를 몇 장 꺼내 놓았다. 강산이는 가장 위에 있는 종이를 들어 올렸다.

"연세 소식지."

강산이는 이번 달 연세 소식지를 집었다. 제목이 '모퉁이 귀신의 정체는?'이라는 기사가 메인으로 실려 있었다.

"지금까지 초미녀부 기사가 실린 걸로 가져왔어. 얘네들이 어떤 식으로 조사하는지 알아야 할 것 같아서. 얘네들에 대해 아는 거 있으면 아무거나 말해 봐. 내가 아는 건 이거야. 우선 부원은 2학년

최서은, 김지석, 그리고 새로 들어온 1학년으로 총 세 명이야."

"아무거나 말해도 돼? 사건이랑 관련 없는 것도 되나?"

"응. 지금은 정보가 필요하니까."

현석이 허락을 받고 하니가 말을 이었다.

"진짜 관련 없을 수도 있는데, 그거 말이야. 우리 탐정부 이미지가 폭락한 사건."

"네가 학년 말 방학 때 교무실에 들어가서 선생님 책상에 있던 서류 보다가 들킨 거?"

"그때 깐깐징쌤이 날 부른다고 말한 게 지석이었어. 텃밭에 물 주고 집에 가려고 서쪽 문으로 걸어가는데 지석이가 나타나서는 선생님이 부른다고 했어."

"그 뒤에 지석이한테 따지지 그랬어."

"당연히 했지. 지석이는 다른 애가 전해 달라고 했대. 근데 그게 누구인지는 기억이 안 난대. 진짜 이상하지 않아?"

정말 사건과 관련 없는 이야기였다. 아이들은 관심을 끄고 소식지를 하나씩 들고 읽기 시작했다.

"의외로 발로 뛰는 스타일인가 본데요."

진서가 자신이 읽던 기사를 가운데로 밀었다.

한밤중 학교에서 울리는 비명 소리

2-2 김지석

우리 학교에는 몇 가지 미스터리가 전해져 온다. 그중 하나가 밤이 되면 아무도 없는 학교 운동장에서 비명 소리가 울린다는 것이다. …… (중략) …… 해가 진 뒤 학교는 적막했다. 하늘에 달과 가로등 몇 개가 학교를 비추고 있었지만, 그것만으로 학교 운동장을 비추기에는 모자랐다. 운동장은 어둠에 휩싸여 있었다. 텅 빈 운동장에서 자리를 깔고 소리가 들릴 때까지 기다렸다. …… (중략) …… 그 순간 작게 소리가 들렸다. 그 소리는 여러 번 연속으로 들리기도 했고, 짧고 날카롭게 울렸다가 멈추기도 했다. 우리는 소리의 정체를 확인하기 위해 어두운 운동장을 돌았다. 소리는 가까운 곳에서 울리는 듯하다가 멀리서 울리는 듯했다. …… (후략)

비명 소리의 정체를 찾아 학교 운동장을 살핀 이야기를 장황하게 쓰고 있었고, 시시하게 '비현실적인 존재가 낸 소리'라는 결론이었다.

"여기 봐. 뭔가 이상한 걸 하고 있어. 진짜 영능력이 있는 거 아니야?"

현석이가 내민 것은 수맥봉이나 이상한 탐지기로 영혼의 존재를 증명하는 기사다. 역시 내용은 엉터리다.

"진짜 영능력자였다면 이런 기사를 쓰지 않았겠지."

하니가 가장 최근 기사를 가리켰다. 모퉁이 귀신을 조사하며 본관 1층에 여자아이 영혼이 있다는 결론으로 끝났다.

"다른 건 몰라도 이건 확실하게 알잖아. 귀신이니 뭐니 하는 거랑은 전혀 상관없는 거."

하니가 말을 끝마치자마자 진서 눈이 동그래졌다.

"그게 무슨 소리예요?"

하니는 잠깐 당황했다가 입을 다물었다. 하니가 알려 줄 마음이 없다는 것을 안 진서는 다른 두 사람에게 고개를 돌렸다. 진서와 눈을 마주친 아이들도 슬쩍 눈을 피하고 나머지 기사를 집중해서 읽는 척했다.

"아, 뭔데요? 왜 저만 안 가르쳐 줘요."

강산이는 말을 돌려 대화 주제를 바꾸었다.

"이제 어떻게 할지를 생각해야지. 우리는 상대보다 불리해."

진서가 강산이 의도를 눈치채고 불만을 토해 내려고 했다. 그러나 하니 대답이 더 빨랐다.

"왜? 상황은 둘 다 비슷하지 않아?"

"저도 알려……."

"아니. 초미녀부는 대충 조사하다가 '사람이 하는 게 불가능한 일이니 귀신의 소행이다'고만 하면 끝이잖아. 우리가 이기려면 왜 창고 문이 잠겼는지 논리적으로 설명해야 하니까 훨씬 더 힘들지."

"모퉁이 귀……."

"그건 원래 우리가 하려고 했던 일이잖아. 경쟁 상대가 생겼다고 해야 하는 일이 달라지지는 않아."

진서는 끼어들 틈을 찾지 못해 입만 벙긋거리다가 그대로 다물었다. 표정에는 불만이 가득했다.

그 날 오후, 탐정부 아이들은 본관 한 교실에 모였다. 불도 켜지 않고 바닥에 옹기종기 앉아 커튼을 친 창문으로 눈만 빼꼼 내밀었다.

"여기 괜찮지?"

탐정부 아이들이 있는 곳은 4층 구석에 있는 빈 교실이었다. 처음에는 창고 열쇠를 빌리려고 했다. 세 명은 안쪽으로 들어가고 나머지 한 명은 바깥에서 자물쇠를 잠근 후 범인이 오길 기다리려고 한 것이다. 하지만 윤서가 절대로 열쇠를 빌려주지 않겠다고 하는

통에 계획을 바꿀 수밖에 없었다.

처음 며칠간은 근처에서 창고를 감시했는데 당연히 아무도 오지 않았다. 범인이 아무리 멍청하다고 해도 눈에 띄게 감시하고 있는 곳에 올 리가 없었다.

다음으로 찾은 곳이 이 교실이었다. 이 교실 창문에서는 창고가 바로 보였다. 다른 사람에게 들키지 않고 창고를 감시할 수 있는 최적의 장소였다. 한 가지 단점만 빼면…….

이 교실은 문에 '서고'라고 적혀 있었지만, 그 안에는 책이 아니라 수십 년 전 졸업 앨범과 트로피, 상장 등이 쌓여 있었다. 오래된 물건과 함께 먼지도 가득 쌓여 있어 움직일 때마다 먼지가 피어올랐다.

"에취!"

진서는 서고에 들어온 뒤로 계속 재채기를 했다. 항상 가지고 다니는 비염 약을 먹어도 좀처럼 나아지지 않는 모양이었다. 먼지가 이리 많으니 어쩔 수 없는 일이다.

"창고를 감시하기에는 괜찮은데, 먼지가 너무……."

강산이가 진서를 안쓰럽게 쳐다보았다. 진서는 이제 콧물까지 줄줄 흘리고 있었다. 급하게 가방에서 휴지를 꺼내 코를 막았다.

"저능 갠차나용. 약또 머거써용."

전혀 괜찮아 보이지 않았다. 하니는 창문을 살짝 열고 그 자리를 진서에게 양보했다. 바깥쪽으로 코를 들이밀자 재채기도 콧물도 잦아들었다.

"이놈의 비염은 진짜. 먼지 조금 있다고 콧물이 아주."

진서는 투덜거리면서도 창고에서 눈을 떼지 않았다.

몇 시간 동안 같은 자세로 앉아 있으려니 다리가 저렸다. 자주 자세를 바꾸고 다리를 주물러도 소용없었다. 그림자 방향 말고는 전혀 변하지 않는 풍경을 바라보며 현석이가 말했다. 목소리에 힘이 빠졌다.

"이제 학교에 사람도 별로 없겠어."

뒤이어 진서도 눈치를 보며 말했다.

"저, 이제 집에 가야 하는데요."

축제 준비를 하던 아이들도 하나둘 돌아가고 이제 학교는 아이들 소리가 거의 나지 않았다. 열심히 창고를 감시하던 것이 무색하게도 창고에 드나드는 사람은 아무도 없었다. 심지어 창고 주변을 지나가는 사람도 없었다.

애초에 쉬울 것이라고 생각하지 않았지만, 아무 소득이 없으니 힘이 빠지는 것은 당연했다. 실망한 아이들을 하니가 달랬다.

"끈기 있게 기다리다 보면 언젠가 범인이 나타날 거야."

"대체 언제까지 기다려야 하는데요?"

"음. 범인이 잡힐 때까지?"

하니 말이 끝나자마자 현석이와 진서는 앓는 소리를 냈다.

"소설에서 탐정은 이런 거 안 하던데요."

"그건 소설이니까 그렇지."

오늘은 더 이상 여기에 있을 수 없었다. 곧 해도 지고 너무 늦게 들어가면 집에서 걱정한다. 아이들은 옷에 묻은 먼지를 털고 집에 갈 준비를 했다.

그때 교실 문이 열리며 한 선생님이 들어왔다.

"너희들 여기서 뭐 하냐? 여기는 어떻게 들어왔어?"

선생님은 아이들을 보고 깜짝 놀라서 말했다.

"죄송합니다. 문이 열려 있길래 들어왔어요. 지금 나가겠습니다."

현석이가 서글서글하게 웃으면서 말하고는 아이들 쪽으로 속삭였다.

"여기 열쇠 몰래 빌린 거라 들키면 안 돼."

몰래 가져온 걸 '빌렸다'고 할 수 있나. 선생님은 별 의심 없이 얼른 나오라고 손짓했다. 아이들이 다 나온 것을 확인하고는 자물쇠를 찾아 잠갔다. 이곳 자물쇠는 열쇠 없이 눌러서 잠글 수 있는 자물쇠였다.

"누가 여길 열어놓았지? 내가 여기 열려 있는 걸 봐서 다행이지. 너희 하마터면 학교에 갇힐 뻔했다."

"갇혀요?"

"그래. 학생들 다 가고 나면 1층에서 위로 올라오는 계단을 잠그니까. 내가 너희를 발견하지 못하고 그걸 잠갔으면 큰일이었지. 다시는 열려 있다고 아무 데나 들어가지 마라."

"네."

아이들은 얌전히 대답했다.

선생님은 아이들이 1층으로 모두 내려온 것을 확인하고는 철문을 닫았다. 평소에는 벽 쪽에 묶여 있던 철문이 닫히자, 계단이 감옥에 갇힌 듯한 모양새가 되었다. 선생님은 자물쇠까지 단단하게 채우고는 손을 털며 말했다.

"난 또 걔네들이 숨어들었나 했네."

"누구요?"

"그 있잖아. 미남인지 미녀인지 하는 애들."

"초미녀부요?"

"그래, 그거. 분명히 교실도 확인하고 운동장도 확인하고 교문도 잠가 두었는데, 어디로 들어왔는지 학교를 돌아다닌다니까. 그

것도 해 다 져서 컴컴할 때. 위험하게 말이야."

선생님 미간에 깊은 주름이 잡혔다. 혀를 몇 번 쯧쯧 차는 소리를 내고 다시 말을 이었다.

"너흰 바로 집으로 가라. 부모님이 걱정하신다."

그러고는 교문을 가리켰다. 단호한 눈빛이 지금 당장 학교를 나가라고 말하고 있었다. 운동장에서 또 다른 누군가가 발견되지 않았다면 그대로 교문 밖으로 나가야 했을 것이다.

"아니. 저놈들은 왜 또 저기 있어?"

선생님은 운동장에서 서성거리는 학생들을 보더니 바로 쫓아달려갔다. 학생들은 뿔뿔이 흩어져 도망갔다. 한두 번 해 본 솜씨가 아니었다.

"이놈들! 얼른 나가지 못 해!"

도망가던 학생 중 하나를 잡아챘다. 잡힌 학생은 강산이와 같은 반인 지석이다. 초미녀부 소속으로 한밤중 학교에서 들리던 비명 소리 기사를 쓴 아이다. 선생님은 지석이를 교문 쪽으로 잡아끌었다. 지석이는 두 손을 번쩍 들고 항복하는 자세를 취했다.

"아, 쌤. 잠깐, 잠깐만요. 저희 곧 나가려고 했어요."

"말이 되는 소리를 해라. 너희가 걸린 게 벌써 몇 번째냐?"

지석이는 발버둥을 쳐 선생님 손에서 벗어났다. 그러고는 온 주머니를 뒤집고 빈손을 펼쳐 보였다.

"이것 봐요. 오늘은 아무것도 안 가져왔어요. 그냥 집에 갈 때 같이 가려고 모여 있었던 거예요."

"그럼, 왜 도망가는데?"

"그건 그냥 쌤이 쫓아오면 도망쳐야 할 것 같아서……."

지석이는 대답하고는 헤헤 웃었다. 선생님도 어이없는지 헛웃음을 지었다.

"당장 집에 가라. 너 가방은 어디에 뒀냐? 얼른 가져와."

"저, 원래 가방 안 가지고 다니는데요. 어차피 교과서는 사물함에 있고, 필통은 책상 서랍에 있으니까."

지석이가 눈치를 보며 대답했다. 선생님은 말문이 막히는지 "허, 참."만 반복하시다가 교문을 향해 손짓했다.

"그래. 가방도 없으니 바로 나가면 되겠구나. 얼른 집에 가. 빨리, 빨리."

움직일 기미가 안 보이자, 선생님은 손수 지석이를 잡아끌었다. 지석이는 선생님 손에 이끌려 교문으로 끌려가면서도 미련을 버리지 못했는지 자꾸 학교 쪽을 돌아보았다. 두 번째로 고개를 돌렸을 때 지석이가 호들갑을 떨며 선생님을 불렀다.

"쌤! 쌤! 잠깐만요! 방금 그거 못 보셨어요?"

지석이는 학교 어딘가를 가리켰다. 손가락을 따라 시선을 돌리자 학교 건물이 보였다. 별다른 것이 없는 평범한 학교였다.

"내가 네 속셈을 모를 줄 아냐?"

선생님은 신경을 돌려 도망가려고 거짓말을 하는 줄 알고 지석이를 더 강하게 잡았다.

"아니, 저기 좀 봐 보세요. 저기! 아! 지금요!"

지석이는 포기하지 않고 선생님 눈을 돌리려 애썼다. 애처로운 몸짓이었다.

"아! 저게 뭐야!"

반응은 선생님이 아니라 진서에게서 나왔다. 지석이가 가리키고 있던 장소를 계속 보고 있었던 모양이었다.

"뭐가?"

"저기 3층 교실에 불빛이 어른거렸어요. 누가 있는 거 아니에요?"

진서의 흥분한 목소리가 학교 운동장에 쩌렁쩌렁 울렸다.

"제가 뭐 있다고 했잖아요!"

지석이는 억울한 목소리를 냈다. 선생님은 지석이 몸을 놓지 않고, 고개만 학교 건물 쪽으로 돌렸다.

"뭐가 보인다고 그래? 아무것도 없구먼."

"진짜 있어요. 금방 없어져서 그래요."

"갑자기 나왔다가 갑자기 없어진다니까요. 저기 3층에…… 하나, 둘…… 오른쪽에서 네 번째 창문이요."

이제 억울한 듯 방방 뛰는 사람은 둘이 되었다. 강산이는 3층 창문을 뚫어지게 쳐다보았다. 불이 꺼진 교실은 까만 창문 외에 아무것도 보이지 않았다.

혹시 찰나에 지나갈까 봐 깜박이지 않은 눈이 아파 올 때쯤 교실 안에서 희미한 불빛이 나타났다. 그리고 곧 다시 검은 창문으로 돌아왔다.

"어? 뭐야. 진짜 있는데?"

이번에는 모두가 그 불빛을 보았다. 선생님 표정이 심각해졌다.

"아직 누가 남아 있는 거야? 분명히 다 확인했는데."

선생님은 지석이를 놓고 다급하게 학교 건물로 향했다. 학교 건물에 학생이 갇혀 있는 것이라면 큰일이었다.

계단을 두세 칸씩 뛰어 순식간에 3층에 도착했다. 불이 꺼진 복도는 낮에 보았을 때와는 전혀 다른 느낌이었다. 고요한 와중에 숨을 고르는 소리만 들려 왠지 섬뜩했다.

"너희는 왜 올라왔어?"

3층에 도착해서야 선생님은 탐정부 아이들과 지석이가 함께 쫓

아온 것을 눈치챘다. 현석이가 애교 섞인 목소리로 말했다.

"혹시 쌤이 무서우실까 봐 같이 가 드리려고 하는 거죠."

"필요 없다. 너희는 얼른 집에 가라."

선생님은 단호하게 말하고는 몸을 돌렸다. 아이들은 눈치를 보며 살금살금 선생님 뒤를 따랐다. 그 모습을 보고 선생님은 깊은 한숨을 내쉬었지만 더 이상 말은 꺼내지 않았다. 어차피 말해도 들어 먹지 않을 것 같아서다.

"여기였나?"

"네. 저쪽에서 네 번째 창문, 여기 맞아요. 2학년 2반."

"자물쇠 잠겨 있는데."

선생님은 자물쇠를 확인하고 뒷문도 당겨 보았다. 뒷문까지 확실하게 잠겨 있었다. 그 순간 다시 한 번 교실 안쪽이 밝아졌다. 창문에 얼굴을 대 보았지만, 유리가 불투명해서 안쪽이 보이지 않았다. 불빛이 나타났다 사라질 때까지 소리는 나지 않았다.

"안에 누가 있는지 확인해 볼까요?"

"저희 비밀번호 알아요. 여기 저희 반이거든요."

"그래. 그럼 열어 봐라."

하니가 핸드폰으로 자물쇠를 비추자 강산이가 번호를 돌려 열었다. 문을 열고 교실 안으로 고개를 살짝 집어넣었다. 캄캄해서 교실 안이 잘 보이지 않았다.

전등 스위치를 누르자 딸깍 소리와 함께 교실이 밝아졌다. 대충 교실을 둘러보아도 숨은 사람은 없었다.

"아무도 없는데?"

"어디 숨은 거 아니야?"

아이들과 선생님은 교실 안으로 우르르 몰려 들어갔다. 청소 도구함, 책상 사이, 책장 뒤까지 샅샅이 찾았지만 아무도 없었다. 뒷문에도 문을 잠글 때 사용하는 고리가 걸려 있었다. 앞문 쪽으로는 사람들이 들어왔고 뒷문은 안에서 잠겨 있었으니 그 짧은 사이에 도망갈 수도 없었다.

"아무도 없어요."

"빛이 날 만한 게 있는지도 찾아봐."

사람을 찾지 못하자 선생님은 목표를 변경했다. 아이들은 지시에 따라 다시 교실을 살피기 시작했다. 찾는 것이 사람에서 물건으로 바뀌니 더 세세하게 살펴보아야 했다. 책상 서랍과 사물함, 책장 밑과 칠판 뒤쪽까지 아주 샅샅이 뒤졌다.

얼마간 시간이 지나자 확실해졌다. 교실에는 사람도, 빛이 나는 물건도 없었다.

"없는데요."

"귀신이 곡할 노릇이네."

선생님은 교실을 뒤지는 것을 멈추고는 뒷머리를 긁적거렸다. 다시 한 번 교실을 휙 둘러보았지만 아무리 봐도 이상한 것은 없었다.

"앗! 쌤, 저 이제 가 볼게요."

지석이가 핸드폰을 확인하더니 다급하게 말했다. 핸드폰 화면에는 '엄마'라는 글자가 크게 떠 있었다.

"아, 난 이제 죽었다."

"나는 아까부터 가라고 했다. 늦은 거에 괜히 학교 핑계 대지 마라."

선생님은 심드렁하게 대답했다. 지석이는 인사를 하는 둥 마는 둥 교실을 뛰쳐나갔다. 지석이가 사라지자, 선생님은 탐정부 아이들에게 고개를 돌렸다.

"너희들도 얼른 집에 가라. 딴 데 새지 말고."

밖으로 나오니 이제 노을까지 완전히 져 하늘이 까맣게 변해 있었다. 이렇게 늦게 집에 가기는 처음이었다.

"너 아까 집에 가야 한다며. 이렇게 늦게 가도 괜찮냐?"

현석이가 진서 어깨에 툭 손을 올리며 물었다. 진서는 전혀 걱정하는 표정이 아니었다.

"엄청 혼나겠죠."

표정과는 전혀 다른 대답이었다. 진서는 눈을 반짝이며 말했다.

"근데 혼나는 건 중요하지 않아요. 또 사건이 일어났잖아요. 무려 이중 밀실 사건이라고요."

"이중 밀실?"

"네. 2학년 2반 교실에 들어가거나 거기서 나오려면 잠긴 문 두 개를 통과해야 했어요. 하나는 1층 계단 앞 철문이고 또 하나는 자물쇠로 잠긴 교실 문이었죠. 누가 어떻게 한 것인지는 모르겠지만, 이중으로 잠긴 교실 안에서 빛을 내고 탈출했어요. 굉장하지 않아요?"

"빛이 났을 때 교실에 없었을 수도 있지. 원격 조종 장치라던가."

하니 말에 진서가 발끈했다.

"근데 교실 안에는 빛날 만한 게 없었잖아요."

"그게 문제란 말이지."

아이들은 각자 생각을 정리하느라 조용했다. 자박자박 걷는 소리만 들렸다. 현석이가 머리를 쥐며 말했다.

"아, 교실에 들어가기 직전에 빛난 것만 아니었어도 금방 풀리는데."

"어떻게요?"

"누군가 교실에서 불빛을 비추었다고 쳐. 그걸 발견하고 우리가 오는 도중 교실을 나가서 교실 자물쇠를 잠그는 거야. 그리고 화장실에 숨어 있다가 열려 있는 철문으로 나가는 거지. 근데, 우리가 들어가기 직전에도 빛이 보였으니까 이건 아니야."

가장 작은 문만 열려 있는 교문에 세 사람이 서 있었다. 방금 보았던 지석이와 학생회실에서 마주쳤던 서은이, 그리고 한 명은 처음 보는 얼굴이었다. 지석이는 키가 크고 나머지 두 명은 작아서 언뜻 보면 아이 둘을 산책시키러 나온 아빠처럼 보였다.

"어? 초미녀다."

현석이 목소리에 세 사람이 이쪽을 돌아보았다. 눈이 마주치자, 현석이는 손을 붕붕 흔들었다.

"아직 안 갔네?"

"뭐. 그렇지."

"창고 사건은 어떻게 하고 있어?"

현석이 물음에 초미녀부 아이들은 입을 꾹 다물고 눈빛을 교환했다. 조금 뒤 지석이가 입을 열었다.

"지금까지는 별거 없어. 조사할 시간도 없었고."

원하는 대답이 아니었는지 서은이가 한숨을 내쉬고 뒤를 이어 말했다.

"우린 창고 사건을 창고에만 한정되게 조사하면 안 된다고 생각해. 창고 외에도 이상한 일이 일어났잖아."

"이상한 일이 일어났다고?"

"방금 있었던 2학년 2반 사건 말이야. 자물쇠가 걸린 교실 안에 뭔가 있다가 사라졌다며? 우린 두 사건이 연결되어 있다고 생각해. 연쇄 자물쇠 사건인 거지. 그리고 그 진상은 너희들이 알아낼 수 없을 거야. 너희는 그냥 일반인이잖아."

서은이 말에 마음이 상했는지 현석이가 날카롭게 말했다.

"그래. 그 잘난 초미녀분들께서는 창고 사건에 대해 알아내신 게 있나요?"

"내가 그거까지 말해 줘야 해? 너희가 어떻게 써먹을 줄 알고?"

서은이는 새침하게 대답하고는 다른 부원들을 이끌고 사라졌다. 그 뒷모습을 보며 진서가 투덜댔다.

"왜 저렇게 말을 얄밉게 해요? 우리가 말해 달라고 했나, 자기가 멋대로 말하고는."

"원래 쟤 과시하는 거 좋아하거든."

현석이 말을 듣고도 진서는 이해할 수 없다는 표정을 지었다.

"자기가 알아낸 걸 과시하고 싶어서 말했다면 왜 끝까지 안 하

는데요."

진서는 뾰족한 말을 들은 것보다 초미녀부 조사 결과를 듣지 못해서 더 속상한 것 같았다.

"아! 혹시 방해 공작 아닐까요? 우리가 자기 말에 휘둘려서 창고 조사를 소홀히 하길 원하는 거예요."

"그래. 그럴듯하네."

현석이는 대충 대답하고 진서 머리카락을 흩트렸다.

조금 더 걷자, 버스 정류장에 도착했다. 그리고 그곳에서 한 번 더 익숙한 사람을 마주쳤다.

방금 만났던 초미녀부의 이름 모를 1학년이었다. 이 근방에 사는 아이가 아니면 모두 이곳에서 버스를 타야 하니 다시 마주치는 것도 당연한 일이다.

"두 명은 집에 갔어? 후배 버스 타는 것도 안 기다려 주고 너무 하네."

현석이가 자연스럽게 말을 걸며 1학년 어깨에 팔을 둘렀다. 아이는 몸을 조금 움츠렸다가 펴고는 대답했다.

"어린애도 아닌데 뭘 같이 기다려 줘요."

"1학년이면 아직 어린이지."

1학년은 아기 취급을 당해서 기분이 나빴는지 입을 일자로 다물었다.

현석이는 평소에 말을 함부로 하는 아이가 아니었다. 그러니까 저것은 일부러 신경을 긁고 있는 것이다.

"아까 서은이 말이야. 말을 하다 말고 간 게 이상하지 않아? 혹시 아무것도 못 알아낸 거 아니야?"

현석이가 하니 쪽을 향해 말했다. 하니에게 말하는 척하고 있지만 실제로는 1학년 아이에게 하는 말이었다. 뻔한 도발이었는데도 아이는 씩씩대더니 버럭 소리를 질렀다.

"아니에요. 알아낸 거 있거든요."

"나도 말로는 뭐든지 할 수 있어. 난 저번 중간고사에서 올백 맞았다."

현석이는 얄밉게 낄낄거렸다. 아이는 점점 얼굴을 붉히더니 꽥 소리를 질렀다.

"우린 이제 증거만 찾으면 된다고요!"

"무슨 증거?"

"창고에 어떤 영혼이 존재한다는 증거요. 서은 선배가 금방 알아낼 거예요."

강산이는 '영혼'이라는 말이 나오자마자 관심이 빠르게 식었다. 1학년 아이의 신경을 긁으며 어떻게든 정보를 알아내려고 하던 현

석이도 힘이 빠진 표정이었다.

"너희는 또 영혼이냐? 오늘 사건은 도깨비불 때문이라고 하겠다."

현석이가 투덜대며 한 말에 1학년 아이의 눈이 동그랗게 변했다.

"그걸 어떻게 알았어요? 맞아요. 당연히 도깨비불이죠."

"너희는 참 편하겠다. 이상한 일이 일어나면 귀신이니 도깨비불이니 하면 되잖아."

비꼬는 말에 아이가 다시 발끈했다.

"이 세상에는 인간이 이해할 수 없는 사건들도 일어난다고요. 그럼 제가 물을게요. 귀신이 아니라면 어떻게 자물쇠를 잠글 수 있는데요? 낡은 플라스틱 탁자랑 의자, 천막만 쌓여 있는 창고 열쇠를 가지고 싶은 사람이 있을까요? 빼돌려서 복사하고 돌려놓는 수고를 할 만한 열쇠가 아니잖아요. 오늘 사건도요. 아무도 없는 교실에 불빛을 비춰 얻을 수 있는 이득이 없잖아요. 왜 굳이 숨어들어 불빛을 비추고 사라지느냐고요. 선배들은 이해가 돼요? 아무 이득도 없고 번거로운데 이걸 인간이 했다고 생각해요?"

"그럼, 귀신이나 영혼은 그런 일을 했다고 이득이 있냐?"

"그럼요. 그들은 언제나 자신을 드러내고 싶어 하니까요. 인간이 할 수 있는 방법을 사용하면 인간이 했다고 생각할 테니까 완전히 불가능한 방법을 사용해서 사람들을 놀라게 하는 거예요."

아이는 말을 쏟아 내고는 도착한 버스를 급하게 타고 사라졌다.

"와, 말 진짜 빠르다. 뭔가 알아낼 수 있지 않을까 싶었는데 미움만 받고 끝나 버렸네."

현석이는 1학년이 타고 간 버스 뒤꽁무니를 보며 뒷머리를 긁적였다.

"아냐. 충분히 도움이 됐어."

강산이 얼굴에 어린 미소가 여유로웠다.

이제 사건을 해결할 시간이다.

3 학교 밀실 사건의 전말

다음 날 강산이는 언제나처럼 탐정부실로 들어가려고 문을 열었다 그대로 굳어 버렸다.

"짜잔!"

부실에는 탐정부만 있는 것이 아니었다. 초미녀부 아이들과 윤서, 선생님까지 있었다. 어제 지석이를 쫓던 그 선생님이었다. 좁은 부실이 복작복작했다. 손님들을 위해 축제 때 쓰는 탁자와 의자를 가져와서 펼쳐 두고 그 위에는 간식까지 조촐하게 준비해 놓았다.

"원래 추리쇼는 관련자를 다 모아서 하는 거예요. 애거사 크리스티 작품에도 나오고 코난이나 김전일에서도 그러잖아요."

현석이와 이 일을 같이 꾸민 것이 틀림없는 진서가 눈을 빛내면서 말했다.

"어…… 난, 사람이 많은 건 좀……."

뒤로 주춤거리며 도망가려고 하는 강산이를 진서가 팔을 잡고 부실로 밀어 넣었다. 강산이 자리는 부실 한가운데 가장 잘 보이는 곳에 마련되어 있었다. 졸지에 많은 사람의 시선을 받게 된 강산이 얼굴이 새빨개졌다.

"뭔가 알아냈다면서 대체 언제 말해 줄 거야?"

강산이가 좀처럼 말을 시작하지 않자 윤서가 짜증을 냈다. 사람이 많든 적든 지금은 말을 해야 했다. 강산이는 손님들 쪽으로는 고개를 돌리지 않고 익숙한 사람들에게만 시선을 고정했다. 우선 제일 확실한 이야기부터 꺼내 놓아야 좋을 것 같았다.

"어제 있었던 일부터 이야기할까?"

"어제?"

어제 사건을 보지 못한 윤서가 어리둥절한 표정을 지었다. 강산이는 어쩔 수 없이 어제 있었던 일부터 설명했다. 강산이는 모든 사람이 들을 준비가 되자 천천히 말을 시작했다. 사람이 많아 긴장한 탓에 평소보다 더 말이 느렸다.

"그러니까 그…… 그때 있었던 일을 되짚어 보면 말이지. 선생님께서 철문을 잠그셨고, 운동장으로 나와서 초미녀부 애들이 있

는 걸 봤지. 선생님이 저 아이들을 쫓아 달려가셨고, 지석이가 잡혔어. 그리고 2학년 2반 교실에서 불빛이 흘러나왔어. 반에 누가 남아 있는 줄 알고 교실로 갔는데 아무도 없었고, 불빛을 낼 만한 물건도 없었어."

"1층 계단 철문이 잠겨 있었고, 교실 문도 잠겨 있었으니 이중 밀실이었던 거지. 누군가 거기서 불빛을 내고 순식간에 사라진 사건이야."

진서가 설명을 덧붙였다. 윤서는 여전히 이해하지 못한 표정이었다.

"그거야 간단한 거 아니야? 2반 아이들이라면 모두 교실 자물쇠 번호를 알고 있었을 거 아니야. 그리고 중간에 숨어 있다가 열린 철문으로 나갔겠지."

윤서의 말에 진서가 고개를 세차게 저었다.

"아냐, 아냐. 우리가 교실 자물쇠를 열기 직전에도 불빛이 보였다고. 그때 불빛을 비추고 나왔다면 우리랑 마주쳤을 거야."

"음. 그럼, 좀 이상하네."

윤서는 그제야 고개를 끄덕였다. 서은이가 손을 들었다.

"그건 우리도 어떻게 된 건지 설명할 수 있어."

윤서가 서은이 쪽으로 손바닥을 들었다. 회의에서 발언권을 주는 모양새였다. 서은이가 한 말은 예상을 벗어나지 않았다.

"그건 도깨비불이야. 우리 선조 때부터 숱하게 목격된 현상 중 하나지. 어두운 밤이 되면 떠돌던 영혼에 빛이 나는데 그게 도깨비불이야. 교실에 들어갔는데 불빛이 나는 게 없었다고 그랬지? 도깨비불이라서 그런 거야."

"그건 도깨비불이 아니었어."

"그럼 뭔데? 불빛을 내다가 갑자기 사라지는 게 뭐가 있는데?"

"그건 핸드폰 불빛이었어. 알람이 오거나 전화가 오거나 하면 화면이 켜졌다가 시간이 지나면 다시 꺼지잖아."

옆에서 얌전히 듣고 있던 하니가 강산이 귀에 속삭였다.

"근데 교실을 살펴보았을 때 핸드폰은 없었어."

그 소리를 서은이도 들었는지 표정에 비웃음이 어렸다.

"당연히 없었지. 주인이 진즉에 챙겨 넣었으니까."

강산이는 말을 마치고 지석이 쪽을 쳐다보았다. 지석이는 강산이와 눈이 마주치자 슬며시 피했다.

"지석이가 선생님한테 잡혔을 때를 떠올려 봐. 그때 지석이가 뭘 했지?"

"잡혀서 질질 끌려갔는데."

하니 말에 이어서 진서가 말했다.

"가져온 게 없다고 하면서 주머니를 뒤집었어요."

진서 대답이 강산이가 원하던 것이었다.

"맞아. 주머니를 모두 뒤집고 빈손을 보여 주었어. 주머니에도 손에도 아무것도 없었지. 물론 핸드폰도 말이야. 그런데 우리가 교실을 살펴보고 난 뒤에는?"

"전화가 온 핸드폰을 보여 주었어요!"

"그렇지. 방금까지 없었던 핸드폰이 어떻게 생겨났겠어. 교실에서 찾은 거겠지."

서은이가 지석이를 날카롭게 째려보았다. 설마 같은 부원한테도 진실을 말하지 않은 것인가 했는데, 서은이 입에서 나온 말은 전혀 예상 밖이었다.

"바보 같이 그걸 들켰냐? 거기서 핸드폰을 보여 주면 어떡해?"

"뭐야. 너희 알고 있었어? 그래 놓고 도깨비불이니 뭐니 한 거야?"

윤서가 어이없는 표정으로 쳐다보았다. 윤서는 앞머리를 쓸어 올리더니 초미녀부 아이들을 추궁했다.

"대체 왜 그런 일을 벌였는데?"

"일부러 벌인 일은 아닌데. 그냥 핸드폰 놓고 온 거 다시 찾으러 가려고 한 거야."

지석이가 주눅 들어서 말했다. 양쪽에서 서은이와 윤서가 무서운 표정으로 쳐다보고 있으니 좀처럼 기를 펴지 못했다. 강산이는 지석이를 위해 빠르게 다음 말을 이었다.

"2반 불빛 사건은 지석이 핸드폰 때문이었고, 다음으로 창고 이야기로 넘어갈게. 창고 자물쇠는 작년에 잃어버리고 나서 새롭게 구매한 거였지. 자물쇠와 함께 열쇠가 두 개 왔었고, 그중 하나는 하수구에 빠져 물살에 휩쓸리고 하나는 교감 선생님 캐비닛으로 들어갔어. 그 캐비닛 번호는 교감 선생님밖에 모르시니까 다른 누군가가 열쇠를 빼내어 복사하지는 못했을 거야."

앞 사건 설명 후 초미녀부 아이들은 자리에 없는 것처럼 조용해졌고, 윤서는 턱까지 괴며 강산이 이야기에 집중하고 있었다. 그래서 이야기에 끼어드는 사람은 탐정부 아이들밖에 없었다.

"그럼, 범인은 교감 선생님!"

"아니. 그런 충격적인 결론인가요?"

현석이가 성급하게 촐싹대고 진서가 맞장구쳤다.

"말이 되는 소리를 해라."

곧 선생님이 큰 소리로 타박하자 두 사람의 촐싹거림이 멎었다.

"그건 아니야. 교감 선생님은 창고 열쇠가 있다는 것도 윤서가 말한 다음에 아셨잖아. 차분하게 좀 더 들어 봐. 어쨌든 원래대로

라면 창고 열쇠는 하나뿐이어야 한단 말이지. 그런데 윤서가 창고 안에 있을 때 누군가가 문을 잠갔으니 창고 열쇠가 두 개 이상이라는 걸 알 수 있지. 하지만 원래 열쇠를 복사한 건 아닐 테니까, 복사하지 않고 창고 열쇠를 가질 방법은 하나밖에 없어."

"잠깐, 잠깐. 열쇠를 복사하지도 않았는데 어떻게 열쇠를 가질 수 있어요?"

"좀 과격한 방법이기는 한데. 윤서가 이미 이야기한 방법이 있잖아."

"내가 이야기했었다고?"

얌전히 듣고 있던 윤서가 벌떡 일어났다. 아이들이 의문이 가득한 표정으로 기억을 더듬었다.

"열쇠에 관련된 건 열쇠 복사하는 집이 문을 닫았다는 이야기밖에 없었던 것 같은데."

현석이가 그렇게 말하면서 다른 이들을 둘러보았다. 모두 기억이 안 나는지 말을 꺼내는 사람은 없었다.

"열쇠를 모두 잃어버렸을 때 공구로 자물쇠를 떼어 내고는 새로 달았다고 했잖아. 같은 방법으로 창고 열쇠를 얻어 낸 거지. 창고 자물쇠는 인터넷에서 쉽게 구매할 수 있는 종류니까. 새로 구매해서 원래 자물쇠를 떼어 내고 새 자물쇠를 달면 창고 열쇠를 얻을 수 있어."

"아니, 잠깐만요. 그럼 이상하잖아요. 자물쇠가 바뀐 거면 캐비닛에 있던 원래 열쇠로 창고가 열릴 리가 없잖아요. 누나는 교감 선생님께 받은 열쇠로 창고를 열었는데요."

"아니지. 열리지 않았었어. 그 열쇠로는. 잘 떠올려 봐. 교감 선생님께 열쇠를 빌려서 창고로 갔을 때 문이 열리지 않았다고 했었잖아."

"아!"

탄성이 탐정부실 안에 가득 찼다.

"언제 열쇠가 바뀐 거예요?"

"열쇠는 대부분 윤서가 몸에 지니고 다녔지만 딱 한 번 다른 사람들이 만진 적이 있었어."

하니 눈이 동그래지면서 큰 소리로 말했다.

"열쇠고리 끼울 때!"

"그렇지. 그때 예전 열쇠를 새 열쇠로 바꾸어 놓았어. 그래서 두 번째로 갔을 때는 아무 문제없이 열렸고."

"그럼 대체 누가 열쇠를 바꾸어 놓은 거야? 2반 거의 모두 다 한 번씩은 열쇠를 만졌을걸?"

여기부터는 강산이도 심증뿐이었다. 이런 자리가 마련되지 않

앉다면 부원들과 이야기를 해 보고 단서를 더 찾아볼 생각이었지만, 지금 와서 내뺄 수는 없었다.

"어쨌든 우리 반에 창고 사건과 관련된 사람이 있다는 건 확실하지. 거기에서 더 알아낼 수 있는 단서는 없으니까 다른 방향에서 생각해 봐야 해."

탐정부 아이들은 얌전히 다음 말을 기다렸다. 그 사이 서은이가 날카롭게 끼어들었다.

"결국 아직 모른다는 거 아니야?"

"아예 모르는 건 아니고. 심증은 있지만 물증이 없는 거지. 우선 왜 창고 열쇠가 필요했는지부터 생각해 봐야 해. 저번에 조사하러 창고에 갔을 때 이상한 게 있었거든. 일 년 내내 잠겨 있고 축제 때나 여는 창고인데도 먼지가 쌓여 있지 않았어."

"어? 그러네요. 저 먼지 있으면 콧물 엄청 나오는데, 창고에서는 콧물이 안 나왔어요."

서고에서는 콧물 때문에 정신을 못 차리던 진서가 창고에 있을 때는 아무렇지도 않았다. 일 년 만에 열리는 창고라고 하기에는 먼지가 거의 쌓여 있지 않았기 때문이다.

"누군가 창고를 청소하고 있었다는 거지. 그런데 누가 왜 그런 번거로운 일을 했을까. 창고 안에는 쓸모 있는 것이 없잖아. 창고 안 물건이 필요해서 온 게 아니라면 공간 그 자체가 필요한 게 아니었을까 하는 생각이 들었어. 왜 본관에 있는 많은 교실이 아니라 가기도 힘들고 눈에 띄지도 않는 공간이었을까 생각하다 보니, 눈에 안 띄는 공간이 필요했던 게 아닐까 싶어."

"다 생각뿐이네."

서은이가 코웃음을 쳤다.

"그리고 눈에 띄지 않는 공간이 필요한 사람이 누구일까 생각해 보니 초미녀부가 생각나더라고."

초미녀부 이야기가 나오자 서은이가 입을 꾹 다물었다.

"당직 선생님도 말씀하셨잖아. 분명히 아무도 없는 걸 확인하고 교문을 잠갔는데 초미녀부가 어디에선가 나타난다고. 초미녀부가 선생님 눈을 피해 창고에 숨어 있었던 거라는 생각이 들었지."

"또 생각이야?"

서은이가 비웃는 소리를 냈지만, 표정에서는 감출 수 없는 초조함이 배어 나오고 있었다.

"그래. 그냥 생각뿐이었는데 저 1학년이랑 현석이가 이야기하는 걸 듣고 진짜일지도 모르겠다 싶었어."

서은이의 날카로운 눈빛이 이제 초미녀부 1학년을 향했다.

"창고에 탁자와 의자, 천막만 있다는 걸 입학한 지 얼마 되지도

않은 1학년이 어떻게 알았겠어? 2학년도 축제 준비를 직접 도운 사람만 알 수 있는 사실을 말이지. 직접 들어가 본 적이 없으면 절대 알 수 없는 일이지. 그치?"

1학년은 뭔가 변명을 하려는 듯 입을 달싹거리더니 말을 쥐어짜냈다.

"창고 안에 뭐가 있는지는 창문에서 보이잖아요."

"아니. 창문은 거의 탁자로 막혀 있어서 안쪽이 잘 안 보여. 지금 가서 봐 볼래?"

1학년은 눈을 굴리다가 입을 다물었다. 아무리 생각해도 변명거리가 없는 모양이다. 초미녀부 아이들은 서로 눈치만 볼 뿐 새롭게 이야기를 꺼내는 사람은 없었다. 자신들이 한 일이라고 시인하는 것이나 마찬가지다. 윤서가 울분 터지는 목소리로 말했다.

"대체 왜? 왜 나를 창고에 가둔 거야?"

"창고 문이 열려 있길래 우리가 열어 놓고 안 잠근 줄 알았지."

"내가 창고에 있는 거 뻔히 보였을 거 아니야."

"안 보였는데. 탁자 뒤에 있어서 안 보였나 봐. 넘 쪼끄마해서."

"너도 작으면서!"

윤서는 작은 애한테 작다는 이야기를 들어 자존심이 상했는지 소리를 꽥 질렀다.

잠시 후 겨우 마음을 진정시킨 윤서가 초미녀부에 손을 내밀고는 흔들었다. 열쇠를 내어 놓으라는 뜻이었다. 1학년과 서은이가 각각 열쇠를 꺼내어 윤서 손에 올려놓았다. 윤서가 열쇠를 주지 않는 지석이를 향해 눈을 치켜떴다.

"난 그때 줬잖아. 열쇠고리에 넣을 때."

지석이가 시무룩하니 대답했다.

창고 사건까지 해결되자 탐정부실 안은 소란스러웠다. 윤서와 선생님은 초미녀부를 혼내고 있었고 나머지 탐정부 아이들은 주섬주섬 부실을 정리했다. 강산이는 더 말을 할까 말까 고민하다가 어렵게 다시 입을 열었다. 선생님까지 계시는 지금이 기회였다.

"저, 하나만 더 이야기해도 될까?"

순식간에 부실이 조용해지며 강산이 쪽으로 시선이 몰렸다. 강산이는 다시 빨개지는 얼굴을 숙이고 조심히 말을 이었다.

"몇 달 전에 하니가 교무실에서 엄청 혼났잖아."

"맞아! 그때 교무실로 가라고 한 게 지석이었어. 혹시 이것도 뭐 있어?"

하니가 펄쩍 뛰며 대답했다. 정리하던 의자와 탁자가 부딪히며 큰 소리가 났다. 지석이도 그 소리에 움찔하며 놀라서 말했다.

"난 다른 애가 전해 달라고 해서 전한 거야."

"누가?"

"누군지는 기억 안 나는데. 시간이 오래 지났잖아."

지석이가 시무룩하게 대답했다.

"그때는 학년 말 방학 때였으니까, 학교에 나오지 않는 게 보통이잖아. 하니는 시금치에 물을 주려고 왔다 했고. 지석이는 그날 왜 학교에 온 거야?"

"왜였지? 기억이……."

지석이는 불리한 질문에 모두 '기억이 안 난다'로 밀고 나갈 모양이었다.

"그러면 질문을 바꾸어 볼게. 하니에게 말을 전한 곳이 어디였어?"

지석이에게 물었지만, 답은 하니에게서 나왔다.

"나! 나 기억나. 그러니까 탐정부실에서 본관으로 가는 중에 만났어. 응? 뭔가 이상한데 뭐가 이상한지 모르겠다."

감을 잡지 못하는 하니를 대신해서 강산이가 설명했다.

"모두 알겠지만, 탐정부실로 가는 길은 사람들이 잘 오지 않는 곳이야. 그 길로 와 봤자 탐정부실이랑 창고밖에 없잖아. 그 길로 오는 사람은 탐정부에 볼일이 있거나 아니면 창고에 볼일이 있는 사람이겠지."

"나…… 난 하니를 부르려고 했으니까 탐정부실로 간 거야."

"아니. 그건 좀 이상해. 아까도 말했지만 그땐 방학이었어. 보통 방학 때 누군가를 찾으려면 어떻게 하지?"

"전화?"

"그렇지. 보통은 전화를 먼저 할 거야. 방학 때는 학교에 없는 게 보통이잖아. 근데 있을지 없을지도 모르는 하니를 찾아 탐정부실 쪽으로 오는 건 이상하지?"

여기까지 말했을 때 지석이가 하니 손을 덥석 잡았다.

"미안해. 그렇게까지 혼날 줄 모르고."

"뭐야! 왜?"

"그날 창고에서 모이기로 해서 가다가 너랑 딱 마주쳐서 그랬지. 네가 여기서 뭐 하냐고 물어보니까 나도 모르게 널 찾고 있던 척 했어."

"야! 내가 너 때문에 얼마나 혼났는데. 쌤, 들었죠. 진짜 쌤이 불렀다고 해서 간 거였어요."

하니는 이 자리에 있는 유일한 선생님한테 매달렸다. 하니는 선생님이 질린 표정으로 교무실에 잘 전달해 준다고 하고 나서야 떨어졌다.

| 에필로그 |

연세중학교 소년 탐정단 '셜록'

 탐정부 아이들은 교무실 문 앞에 줄줄이 섰다. 등교하자마자 당장 교무실로 오라는 호출은 받았지만 차마 들어갈 용기가 나지 않아서였다.

 "혹시 우리 잘못한 거 있냐?"

 "그거 때문인가? 서고에 몰래 들어간 거."

 "아니면 그거 때문일지도 몰라요. 버스 정류장에서……."

 "평소에 깐깐징이라고 부른 게 들켰는지도."

 혼날 때나 교무실에 들어왔던 아이들은 열심히 자기가 잘못한 일들을 떠올리고 있었다. 현석이가 초등학생 때 잘못한 이야기까지 꺼냈을 때 교무실 문이 열리며 선생님이 고개를 내밀었다. 하니와 강산이의 담임이자 원예부 담당 선생님, 속칭 깐깐징쌤이었다.

"안 들어오고 여기에서 뭐 하냐? 다들 이쪽으로 와 봐라."

아이들은 긴장해서 쭈뼛쭈뼛 선생님 앞에 섰다. 선생님은 심각한 표정으로 아이들을 둘러보았다. 눈이 마주친 아이들은 잔뜩 긴장해서 눈을 피했다. 아무리 결백한 사람도 피할 수밖에 없는 눈빛이었다.

"미안하구나."

선생님 입에서 나온 것은 상상과 전혀 다른 말이었다. 아이들은 눈이 동그래져서 선생님을 쳐다보았다.

"희현이 네가 억울하다고 몇 번이나 말했는데 믿어 주지도 않고 혼내기만 했어. 그 뒤로도 계속 색안경을 끼고 널 보기도 했고. 지석이는 따로 불러서 지도하도록 하마."

덩치에 맞지 않게 여린 마음을 가진 하니는 금세 눈이 그렁그렁해졌다. 그동안 말은 안 했지만 마음이 편하지만은 않았을 것이다.

강산이는 하니를 보다가 다시 선생님 쪽으로 눈을 돌렸다. 아무리 어른이라고 해도 자기 잘못을 인정하고 사과하는 것은 쉬운 일이 아니다. 특히 상대가 자신보다 훨씬 어린 사람일 경우 더욱 그러했다. 강산이는 마음속에서 선생님에 대한 평가를 3단계 정도 높였다.

"대신이라고 하긴 뭐한데."

선생님은 뒷머리를 신경질적으로 긁었다. 깔끔하게 넘긴 머리가 금방 엉망이 되었다.

"너희가 탐정부 활동을 공식적으로 할 수 있도록 지원해 주마."

"네? 진짜요?"

하니만 부르지 않고 탐정부 아이들을 모두 부른 까닭이 이것이었나 보다. 금방 아이들 표정에 화색이 돌았다.

"그래. 너희가 이번에 학생회 문제를 해결하는 데 도움을 주었다고 들었는데."

선생님과 눈을 마주친 아이들이 고개를 열심히 끄덕였다.

"너희가 실력이 있다면 원예부가 아니라 탐정부로 활동하게 해도 괜찮을 것 같다고 다른 선생님들이 그러시더라. 교감 선생님께도 미리 허락받아 놓았고. 너희가 원한다면 탐정부로……."

선생님 말씀이 이어지는 것을 기다리지 못하고 현석이가 끼어들었다.

"그럼, 의뢰받는다는 포스터 걸어도 돼요? 신입 회원 받을 때도 탐정부라고 홍보해도 돼요?"

"그렇지. 단 텃밭 관리는 너희가 계속해야 한다."

"그 정돈 당연히 할 수 있죠. 그치?"

텃밭을 관리하면서 탐정부 활동을 한다. 그 전과 별로 달라진 것은 없는데도 아이들은 굉장히 기뻐했다.

교무실에서 나오자마자 하니가 소리를 질렀다.
"앗싸!"
가까운 교실에서 문을 열고 내다볼 정도로 큰 목소리였다.
"진짜 이건 생각도 못 했다. 이제 우리 진짜 탐정부인 거지?"
"그치, 그치. 이제 학교에서도 인정받는 탐정부라고. 지인짜 탐정부우우."
하니와 현석이가 두 손을 잡고 빙글빙글 돌며 이상한 노래를 불렀다.
"우리, 이름 정해요. 이름."
"이름?"
"네. 그냥 탐정부라고 부르기보다는 멋진 이름이 있으면 좋잖아요."
"오! 좋은 생각! 그럼 우리 어떤······."
"셜록! 셜록이요."
진서는 말을 꺼내기 전부터 이미 생각해 둔 이름을 꺼냈다.
"탐정하면 셜록! 셜록하면 탐정! 우리 탐정부에 딱 맞는 이름

아닙니까!"

"셜록, 괜찮네."

강산이까지 찬성하니 셜록으로 정해지는 것은 금방이었다.

"우리 탐정부, 셜록이 만들어진 기념으로 내가 초코우유 쏜다."

하니가 호쾌하게 외쳤다. 잔뜩 들뜬 아이들은 복도를 신나게 달려 나갔다. 수업을 시작하기 전에 먹으려면 서둘러야 했다.

강산이는 아이들과 함께 달리며 문득 깨달았다. '아, 그래. 벌써 5월이지!' 강산이는 이곳으로 온 첫날 이불 속에서 세운 계획이 떠올랐다. 방금까지 까맣게 잊고 있었던 기억이다.

당연하게도 지금은 이곳을 떠날 마음이 전혀 없었다.

"앞으로도 재밌는 일 많이 생겼으면 좋겠다. 그치?"

하니의 환한 웃음에 마주 웃으며 작게 "그래."라고 대답했다.

(끝)